Ce livre appartient à

... ...

... ...

... ...

Fantômette

RETROUVEZ Fantômette

DANS LA BIBLIOTHÈQUE ROSE

Fantômette au carnaval
Fantômette et la télévision
Fantômette et le château mystérieux
Fantômette et son prince
Fantômette et les 40 milliards
Les sept Fantômettes
Fantômette et la lampe merveilleuse
Fantômette contre Fantômette
Fantômette s'envole
Fantômette ouvre l'œil
Fantastique Fantômette
Fantômette brise la glace
Fantômette et le masque d'argent
Les exploits de Fantômette
Fantômette et le trésor du pharaon
Fantômette et la Dent du Diable
Pas de vacances pour Fantômette
Fantômette contre le hibou
Fantômette contre le géant
Fantômette fait tout sauter
Fantômette et la maison hantée
Fantômette et la grosse bête

Georges Chaulet

Fantômette et la grosse bête

HACHETTE

Hachette Livre, 43, quai de Grenelle, 75015 Paris.

Chapitre 1

La fantastique apparition

Ce fut un vendredi 1er avril que Sébastien Piquette connut la plus grande peur de sa vie.

Son métier de négociant en vins l'avait conduit au cœur des vignobles de l'Aquitaine, et il venait de quitter Bergerac. Il avait fait de bonnes affaires, goûté de nombreux échantillons de vins doux ou secs, et copieusement déjeuné avec un client viticulteur.

Un peu engourdi par le bon repas, il roulait maintenant sur une route tortueuse, à travers le Massif central. Il se tapota la bouche en bâillant et murmura :

« Je n'aurais peut-être pas dû reprendre le volant tout de suite après le déjeuner... Une petite sieste à l'auberge m'aurait reposé... D'autant plus que je ne suis pas pressé... Dans deux heures, je serai à Limoges... Si je n'ai pas d'accident. Il vaudrait mieux

pas, parce que, si les gendarmes me font souffler dans leur petit ballon, ils ne trouveront pas beaucoup de sang dans mon alcool, ha, ha ! »

La voiture roulait depuis un moment à travers un paysage ondulé, verdoyant. Des bois de châtaigniers, coupés par des prairies ou des champs déserts. M. Piquette remarqua :

« C'est curieux, mais on ne voit presque jamais de cultivateurs dans les campagnes... C'est à se demander comment le blé ou l'orge arrivent à pousser... Peut-être que des petits lutins font le travail pendant la nuit... Ah ! ce serait bien commode si des farfadets allaient visiter la clientèle à ma place ! Je pourrais m'adonner à la pêche tous les jours... »

Il se pencha un peu en avant, pour regarder le ciel à travers le pare-brise. Là-haut, barrant tout l'horizon, une longue muraille de nuages noirs s'élevait d'est en ouest. Le négociant fit la grimace.

« Allons, bon ! Voilà qu'il va pleuvoir, maintenant ! Il ne manquait plus que ça... Enfin, c'est un temps de saison... »

À mesure que la voiture remontait vers le nord, le ciel s'assombrissait. Gris clair d'abord, il devint gris foncé. Un éclair traça une ligne sinueuse éblouissante, puis des grosses gouttes commencèrent à éclabousser les glaces. M. Piquette mit en marche l'essuie-glace et ralentit l'allure de son véhicule qui s'engageait dans les méandres d'une descente difficile. Au bas de la côte, il y avait un croisement. Une route secondaire conduisait vers un village qu'indiquait un panneau : Saint-Plouc-les-Bœufs.

Ce fut après avoir passé ce croisement que Sébastien Piquette vit *l'effroyable chose.* Une vision de cauchemar. Cela ne dura pas longtemps. Trois ou quatre secondes peut-être. Elle venait de la droite, enjambant le taillis qui bordait la route. Elle coupa la chaussée à cinquante mètres devant la voiture, et disparut dans le bois qui se trouvait à main gauche.

Ahuri, affolé par l'étrange vision, le conducteur écrasa la pédale des freins. Brusquement bloquées, les roues dérapèrent sur le sol mouillé et la voiture tourna sur elle-même avant de s'arrêter au milieu de la route. Ce tête-à-queue inattendu mouilla d'une sueur froide le dos du négociant, déjà épouvanté par ce qu'il venait de voir.

M. Piquette regarda dans son rétroviseur, puis en direction du bois. L'endroit était maintenant désert. Le négociant s'essuya le front d'un revers de manche.

« Ouf ! Il est parti... »

Avec un tremblement nerveux, il relança le moteur qui avait calé, tourna son volant et remit sa voiture dans la bonne direction. Il roula lentement d'abord, pour avoir le temps de scruter le bois, mais il ne vit rien d'autre que le rideau des arbres. Alors il accéléra, afin de s'éloigner aussi vite que possible de l'effroyable apparition. Une heure et demie plus tard, comme l'orage prenait fin, il entra dans Limoges. Il arrêta sa voiture devant chez lui et courut jusqu'au

Café des chasseurs pour s'y faire servir un double cognac. Dans un coin, deux habitués jouaient au poker, le petit Eugène et le grand Robert. Eugène s'exclama :

« Tiens ! voilà Sébastien qui se met au cognac, maintenant ? Dis donc, tu as laissé tomber le monbazillac ? »

Le négociant secoua la tête.

« Non, mais j'ai besoin de me remettre de mes émotions. J'ai eu une jolie peur, sur la route !

— Un camion a failli te rentrer dedans, je parie ?

— Non, c'est pire que ça !

— Pire ? »

M. Piquette vint s'asseoir à la table des joueurs et se pencha vers eux.

« Écoutez... vous n'allez pas me croire... Ce que je viens de voir, c'est tellement fantastique que je me demande si je n'ai pas rêvé... »

Le petit Eugène et le grand Robert ouvraient yeux et oreilles. Le patron du café abandonna son comptoir pour venir écouter. M. Piquette vida son verre, se recueillit un instant, fermant à demi les yeux pour reconstituer la vision fantastique, puis il prononça :

« Je viens de voir un dragon. »

Le petit Eugène fit « Pfffttt ! » en hochant la tête et le grand Robert se mit à rire :

« Ha ! ha ! Tu as vu un dragon ? Mais nous ne sommes pas en Chine, mon vieux. Chez moi, j'ai un paravent chinois avec un très beau dragon rouge peint dessus. »

Le négociant eut un geste d'agacement.

« Je ne vous raconte pas des blagues ! C'était bien un dragon.

— De quoi avait-il l'air ?

— L'air d'un dragon. Tout vert, avec des écailles qui luisaient sous la pluie. Et des pattes.... avec des griffes... et une tête affreuse ! »

Sébastien Piquette parlait de plus en plus fort, mimait le mouvement des pattes, grimaçait pour imiter la gueule du monstre. Eugène demanda ironiquement :

« Et il était grand comment, ton animal ? Comme une maison, je parie ?

— Oui, comme une maison. Je suis sûr que sa tête arrivait à la hauteur d'un troisième étage. »

Le grand Robert sourit :

« C'était une girafe, alors ! »

Le négociant, qui commençait à s'énerver de ne pas être cru, se fâcha presque. Il cria :

« Tu en as vu beaucoup, des girafes vertes, hein ? Avec des écailles sur le dos et une queue de dix mètres de long ? Et puis, des girafes dans le Limousin !... Je me demande ce qu'elles viendraient y faire !

— Et ton dragon, qu'est-ce qu'il vient faire, lui ?

— Tu n'as qu'à aller le lui demander, gros malin ! »

M. Piquette se leva, lança une pièce sur le comptoir

et sortit à grandes enjambées. Le grand Robert pouffa de rire :

« Hou, hou ! Il est vexé, notre vinassier ! A-t-on idée, aussi, de raconter des blagues pareilles ? Il me fait penser aux Marseillais, avec leurs galéjades... Tu sais, Eugène, quand ils racontent qu'une sardine bouche le Vieux-Port.

— À mon avis, dit Eugène, il a trop forcé sur le pauillac ou le saint-émilion. Ce qu'il peut boire quand il fait la tournée de ses clients, c'est pas croyable !... Patron, remettez-nous ça ! »

Le patron revint derrière son comptoir pour saisir une bouteille. Son regard se posa sur un calendrier publicitaire accroché au mur. Il le désigna du menton :

« Hé ! Vous avez vu quel jour c'est, aujourd'hui ? »

Eugène et Robert tournèrent la tête et s'esclaffèrent en même temps. Le patron déclara, jovial :

« Oui, messieurs, le 1er avril. Allons, c'est ma tournée ! On va arroser le dragon du père Piquette ! »

Chapitre 2

Un grand orchestre

« Attention ! Nous reprenons à la deuxième mesure : do-mi-mi-do-ré... Une, deux ! »

Battant le parquet avec la longue semelle de sa sandale droite, la grande Ficelle indique la mesure, tout en tirant de son pipeau des notes aigrelettes. Boulotte tape énergiquement sur la grosse caisse avec une batte qu'elle tient d'une main. Son autre main se referme sur un croque-monsieur qui lui brûle les doigts. Françoise s'efforce de tirer des notes justes d'un piano désaccordé.

Sous la direction de Ficelle, les trois filles viennent de monter le Grand Orchestre symphonique de Framboisy. Telle est la mention inscrite sur la grosse caisse, en lettres blanches sur fond rouge. Au physique, Ficelle peut être comparée au pipeau dans lequel elle souffle, avec cette différence qu'elle est un peu plus mince que son instrument. Au contraire, le volume de

Boulotte dépasse nettement celui de la grosse caisse. En fait, une personne un peu myope ne ferait pas très bien la différence entre la caisse et la musicienne. De Françoise, il n'y a pas grand-chose à dire, sinon qu'elle est brune et que ses yeux noirs pétillent d'intelligence.

Après trois mesures, Ficelle tapote son pupitre avec le pipeau.

« Non, non ! Ça ne va pas ! Le mouvement doit être exécuté *lento, ma non troppo mollo.* C'est moi qui l'ai décidé dans mon arrangement de la *Sixième Symphonie* de Mozart. »

Françoise a un petit rire :

« Ça, pour l'arranger, on peut dire que tu l'as arrangé, Mozart ! Ce que nous jouons ressemble autant à la *Sixième* qu'un pingouin à un pèse-lettre ! »

Ficelle hausse majestueusement la mince patère qui lui sert d'épaules.

« Et l'interprétation, qu'en fais-tu ? J'interprète, *moi* ! Je prends de la musique mozartique, et j'en fais de la zizique ficellienne ! Allez, nous reprenons à la deuxième mesure. Et tâche de taper fort, Boulotte ! Ton boum-boum est plutôt ramolli ! »

À l'instant où la deuxième mesure subit une nouvelle attaque, le téléphone décide de sonner. Comme l'appareil est posé sur le piano, Françoise n'a qu'à tendre le bras pour décrocher.

« Allô !... Ah ! c'est vous ! Bonjour ! Quoi de neuf ?

— ...

— Bon, d'accord ! J'arrive. »

Elle raccroche, et Ficelle demande avidement :

« Qui c'est ? Hein ? Dis, qui c'est ?

— L'empereur de Mongolie, ma chère Ficelle.

— Oui, tu ne veux pas me répondre ! Et tu t'en vas au milieu de la *Symphonie n° 6* de Mozart ! Tu l'abandonnes honteusement !

— Remplace-moi, ma grande. À plus tard. »

Françoise ouvre la porte, s'arrête, se retourne.

« À propos, la *Sixième Symphonie,* ce n'est pas de Mozart, c'est de Beethoven... »

Et elle se sauve. Ficelle soupire, examine le piano, puis son pipeau.

« Bah ! après tout, je pourrais très bien remplacer Françoise. »

Elle s'assoit sur le tabouret, pose la main gauche sur le clavier, tenant dans la droite le pipeau ; et elle commence à jouer, avec un peu d'hésitation. Boulotte se lève alors.

« Il faut que j'aille au supermarché, Ficelle. Je me rappelle brusquement qu'ils viennent de recevoir des camemberts à la fraise. Une nouveauté. Je veux essayer ça.

— Alors, tu me laisses tomber, toi aussi ?

— Attends... »

Boulotte retire le tabouret pour rapprocher la grosse caisse du piano. Puis elle glisse le manche de la batte dans la sandale droite de Ficelle, entre la bride et la cheville. Inquiète, la grande fille demande :

« Qu'es-tu en train d'inventer, Boulotte ?

— C'est bien simple. Avec ta jambe, tu donnes des coups dans la caisse, pendant que tu joues du piano et du pipeau. »

Et Boulotte se lance sur la piste des camemberts à la fraise. Transformée en fille-orchestre, Ficelle doit mener l'attaque à elle toute seule contre Beethoven. Malgré tout son génie, le grand compositeur sera vaincu, et la *Sixième Symphonie* complètement massacrée.

Cha

Objectif : dragon

« Ah ! les photos de la nouvelle voiture électrique... Elle est très jolie... On dirait un œuf à roulettes. Passez-la au bas de la une.

— Mais... il y a la publicité du savon Kichasslacrass...

— Ah ! la barbe ! Je l'avais oublié, celui-là ! »

Tony Truand, rédacteur en chef de *France-Flash,* se gratte le crâne. Où va-t-on les caser, ces photos ? Pas question de faire sauter le savon, qui a retenu son emplacement en première page. Peut-être faut-il les passer à la place de l'article sur la fabrication des trous de gruyère ?

— Dis-moi, Œil-de-Lynx, où est-elle, cette histoire de gruyère ?

— J'ai déposé le papier sur votre bureau.

— Bon, allons voir ça. Fantômette n'est pas encore arrivée ?

— Non, patron. Je ne l'ai pas vue. »

Le rédacteur en chef pousse la porte de son bureau et un cri de surprise. Assise sur le meuble, une jeune personne masquée, portant une cape de soie rouge sur les épaules, le regarde en souriant.

« Bonjour, monsieur Truand. Je me suis permis d'entrer ici pour vous attendre.

— Mais... comment avez-vous fait pour passer ?

— Bah ! J'ai dû me changer en petite souris. Mais dites-moi plutôt pourquoi ce cher Œil-de-Lynx m'a téléphoné ? Il m'a dit que je pourrais peut-être vous aider.

— C'est vrai, je crois que c'est le genre de mystère qui vous intéresse. Il s'agit d'une affaire assez curieuse. »

Fantômette prend place dans un fauteuil moderne qui ressemble à une corolle de liseron. Œil-de-Lynx bourre sa pipe. Tony Truand s'assoit derrière son bureau. Il reprend :

« D'abord, sachez que je suis amateur de bons vins. Je crois m'y connaître assez bien.

— C'est vrai, dit Œil-de-Lynx en allumant sa pipe, vous arrivez à distinguer le vin rouge du vin blanc rien qu'en regardant leur couleur. »

Le rédacteur en chef néglige l'interruption.

« Comme j'aime les bons vins, disais-je, j'en commande directement dans le Bordelais, par l'entremise d'un négociant, Sébastien Piquette. Or, il y a une quinzaine de jours, celui-ci se trouvait dans le Massif central. Et là, il a vu... un dragon. »

Fantômette esquisse un mouvement de surprise :

« Un dragon ?

— Oui. Enfin, c'est ce qu'il m'a raconté.

— Mais... quel genre de dragon ?

— Eh bien... le genre classique, quoi ! Tout vert, avec des griffes et une queue pointue. Comme on en voit dans les dessins animés. Sur le moment, j'ai cru que Piquette me racontait une blague. Seulement, voici ce que nous avons reçu ce matin au journal... »

Tony Truand tend à Fantômette une longue bande de papier, dont le texte s'est imprimé automatiquement sur un téléscripteur. Elle lit :

« À L'AUBE, LES CULTIVATEURS DE SAINT-PLOUC-LES-BŒUFS ONT APERÇU UN ÉTRANGE ANIMAL, DE TRÈS GRANDES DIMENSIONS, QUI NE RESSEMBLE À AUCUNE ESPÈCE CONNUE. D'APRÈS LA DESCRIPTION SOMMAIRE FAITE PAR LES CULTIVATEURS, LE MONSTRE A LES MEMBRES INFÉRIEURS SEMBLABLES À CEUX D'UN ÉLÉPHANT, UNE LONGUE QUEUE POINTUE, ET UNE TÊTE ARMÉE DE DENTS ÉNORMES. CE SERAIT APPAREMMENT UNE SORTE DE DRAGON. LES TÉMOINS S'ÉTANT ENFUIS À LA VUE DE CETTE ÉTRANGE APPARITION, ILS N'ONT PU FOURNIR D'AUTRES DÉTAILS. »

Fantômette rend le papier à Tony Truand et demande :

« Qui vous a envoyé ce texte ?

— Notre correspondant à Périgueux. Habituelle-

ment, il nous adresse des comptes rendus de concours de pêche, mais cette fois-ci, sa prose est originale ! Qu'en pensez-vous ? »

C'est Œil-de-Lynx qui répond :

« À mon avis, et en supposant qu'il ne s'agisse pas d'une farce, c'est tout simplement un éléphant qui s'est échappé d'un zoo. Les paysans du Limousin ne doivent pas être calés en zoologie.

— Tout de même, il y a quelques points assez précis. Cette couleur verte, par exemple. Les éléphants ne sont pas verts, Œil-de-Lynx ! Qu'en dites-vous, Fantômette ?

— Pour l'instant, je ne dis rien. Il faut aller voir sur place.

— Êtes-vous d'accord pour faire le voyage ?

— Bien sûr. Je flaire une aventure intéressante. Ce n'est pas tous les jours qu'on a la chance de rencontrer des dragons, et j'aimerais voir celui-là de près. »

Tony Truand approuve d'un hochement de tête.

« Bravo ! Œil-de-Lynx a bien fait de vous appeler. À vous deux, je suis sûr que vous allez faire du bon travail. Voulez-vous essayer de prendre des photos ? Je vais vous prêter un appareil à téléobjectif. »

Le rédacteur en chef sort d'une armoire une sorte de fusil dont le canon est remplacé par une longue lunette.

« Tenez... D'habitude, il sert à photographier des lions ou des panthères, mais il doit aussi bien marcher pour des dragons. Bonne chance à vous deux, et tâchez de ne pas vous faire dévorer ! »

Fantômette et Œil-de-Lynx serrent la main de Tony Truand et sortent du bureau. Ils quittent l'immeuble du journal, montent dans une sorte de marmite grisâtre, fortement cabossée, qui était à l'origine une deux-chevaux. Avant de mettre en marche l'engin — dont le vacarme couvrirait le son de sa voix —, Œil-de-Lynx demande :

« Nous passons chez vous prendre vos bagages ?

— Oh ! mes bagages se réduisent à un petit sac de toile. Mais je me demande si nous ne pourrions pas emmener mes amies ? »

Le reporter a un petit rire :

« Vous voulez encore vous encombrer de ces deux clownesses ? La grande maigre et la petite grosse ? On dirait Laurel et Hardy !

— Je veux bien admettre que Boulotte ne pense qu'à son estomac, mais Ficelle a parfois de bonnes idées. Une sorte d'intuition qui lui fait dire de temps en temps des choses intéressantes.

— Ah ! oui. Ce qu'elle appelle "son génie ficellien".

— Justement.

— Eh bien, pourquoi pas ? Plus on est de fous, moins on pleure ! »

En faisant autant de vacarme que vingt-cinq marteaux-piqueurs, la casserole à roulettes s'engage dans les encombrements de la capitale, puis prend la direc-

tion de Framboisy. Elle atteindra la petite ville trois quarts d'heure plus tard, aux environs de midi.

*

* *

Ficelle ouvre des yeux en anneaux de gymnastique, et crie d'une voix suraiguë :

« Un dragon ! Pas possible ? Vous êtes sûr, m'sieur Œil-de-Sphinx ?

— C'est du moins ce qu'annonce notre correspondant local. Je vais voir sur place de quoi il s'agit exactement.

— Y a-t-il du danger ?

— Je l'ignore, ma chère Ficelle. Mais ce n'est pas impossible.

— Alors, je viens ! J'adore le danger. »

Boulotte, qui mord dans une cuisse de poulet, hoche la tête.

« Tu dis que tu adores le danger, et tu as peur des araignées !

— Justement, les araignées, ce n'est pas dangereux. Alors, je peux faire ma valise, m'sieur Œil-de-Larynx ?

— Vous pouvez.

— Boulotte vient aussi ? »

La grosse fille, les joues bourrées, approuve d'un hochement de tête. Ficelle désigne alors Françoise.

« Et cette bonne à rien ?

— La bonne à rien vient également, dit Françoise.

— Peuh ! je me demande à quoi tu vas servir ! Je serai bien capable de détecter le dragon sans toi. J'écouterai son cri terrifiant, et je le mettrai en musique. Ce sera un concerto pour monstre et pipeau. »

La grande fille fourre dans sa valise un mange-disque, une pile de 45 tours, un paquet de papier à musique, et l'indispensable pipeau. Boulotte, en plus des conserves, biscuits et chocolats qu'elle emporte habituellement, prétend se munir de la grosse caisse. Œil-de-Lynx fait un signe négatif.

« Je ne vois pas où on pourrait la mettre.

— Sur le toit de la voiture, peut-être ? »

Françoise menace :

« Si Boulotte emporte sa grosse caisse, moi je veux mon piano ! »

Du coup, la grosse fille renonce à embarquer l'encombrant instrument, et le remplace avantageusement par une provision de nougats. L'autocuiseur sur roues est alors prêt à prendre la route, vers le monstre effroyable qui hante les forêts, les monts et les vaux du Massif central[1] .

---

1. Il ne faut pas mélanger les vaches et les vaux. *Vaux* est le pluriel de *val*, qui veut dire « vallon ». Le veau est le fils de la vache, et l'on trouve généralement les veaux dans les vaux. (Note extraite de la *Grammaire ficellienne*)

Chapitre 4

Les fascinations de Ficelle

Ficelle hurle :

« Françoise, nous sommes encore loin de Saint-Fouilly-les-Moutons ? »

Françoise est assise à la droite d'Œil-de-Lynx, une carte étalée sur les genoux. Saint-Plouc-les-Bœufs n'est plus qu'à huit kilomètres. La brunette lève donc deux fois quatre doigts, et Ficelle s'écrie :

« Nous approchons ! C'est le moment d'ouvrir en grand les oreilles, pour avoir une vision stéréophonique du dragon ! »

La guimbarde du journaliste est partie de Framboisy au petit jour. On ne s'est arrêté que pour changer de pneu, souffler dans le carburateur bouché, rafistoler le pot d'échappement qui s'était sauvé, et rattacher le pare-chocs avant qui tient avec des fils de fer. Alors que la montre de Françoise marque dix heures du matin et celle de Ficelle 3 h 12 (sa propriétaire ayant oublié de la remonter), le véhicule bringuebalant parvient au carrefour près duquel le dragon était apparu à Sébastien Piquette.

Ficelle entrevoit un gros animal à cornes tapi sous un châtaignier. Elle pousse un cri :

« Oh ! le dragon !

— Non, fait Françoise, ce n'est pas le dragon. Cet animal n'est pas vert, mais jaune.

— Ah ! tu as raison. C'est une vache. Mais si elle était verte, ce serait le monstre ! »

La deux-chevaux tourne à angle droit pour s'engager dans la voie secondaire qui mène à Saint-Plouc. Elle croise le camion d'une entreprise de bâtiment, puis celui d'un charpentier, double la camionnette d'un peintre-vitrier. En bordure d'une prairie, des ouvriers tendent entre deux poteaux une grande bande de calicot qui porte l'inscription : CAMPING MUNICIPAL. À l'entrée du village, des jardiniers sont en train de planter des œillets d'Inde, des pétunias et des bégonias qui composent un massif multicolore « d'un effet aussi poétique qu'harmonieux », selon ce qu'affirme Ficelle. Dans le village, des peintres barbouillent activement portes et volets. Devant la mairie, sur la place principale, des employés des Ponts et Chaussées sont occupés à tracer sur le bitume les lignes blanches d'un parc de stationnement. Face à la mairie, un grand hôtel tout neuf est sans doute sur le point d'être inauguré, car une camionnette vient livrer des piles de draps.

Ficelle commente cette activité :

« On dirait qu'il va se passer quelque chose, dans ce village. Tout le monde se prépare comme pour fêter un grand événement. Peut-être est-ce nous que l'on attend ? Ou moi ? Mais oui ! J'y suis ! C'est pour fêter mon arrivée ! Mais je ne vois pas la fanfare qui devrait m'accueillir ? Non ? Eh bien, je vais jouer un air de pipeau pour célébrer ma venue ! »

Comme elle a mis l'instrument au fond de sa valise et que ladite valise est sous celle de Boulotte, notre musicienne renonce provisoirement à son projet. Le journaliste arrête sa voiture non pas devant l'hôtel — qui ne semble pas tout à fait prêt à recevoir des clients — mais près d'une auberge nettement plus ancienne, dont l'enseigne indique qu'il s'agit de l'hostellerie du Cheval-Noir. Nos enquêteurs débarquent sous l'œil de quelques badauds locaux (remplis d'admiration, estime Ficelle), et entrent dans l'auberge. Œil-de-Lynx prend une chambre au premier étage avec vue sur la cour. Françoise, Ficelle et Boulotte s'installent de l'autre côté du couloir, et bénéficient ainsi d'une fenêtre qui s'ouvre sur la place. Ficelle explique, d'un air finaud :

« Comme ça, je serai aux premières loges pour examiner le dragon quand il passera sous la fenêtre. Je serai à la hauteur de ses yeux et je le regarderai fixement, pour tâcher de l'hynoptiser. —— Hypnotiser, rectifie Françoise.

— Si tu veux. Lorsque je l'aurai hyptonisé, il sera aussi doux qu'un agneau de trois ans !

— De trois ans ? Tu veux dire : un mouton ! »

Boulotte objecte :

« Si sa tête arrive à la hauteur de la tienne, il pourra très bien te mordre et même te manger. »

Mais Ficelle a déjà prévu l'objection :

« La fenêtre, je vais la laisser fermée. Alors, *primo* : il ne me mangera pas ; *deuxièmo* : je pourrai l'hypotniser à travers les carreaux ! »

Pendant que Ficelle prépare ainsi sa tactique antimonstre, tout en déballant sa valise, Françoise descend au rez-de-chaussée pour bavarder avec l'hôtelier. C'est un homme rondelet, dont le crâne est aussi chevelu qu'un melon. Il est présentement occupé à disposer sur les assiettes des serviettes artistiquement pliées en chapeau d'enchanteur. Françoise, après avoir admis que « le temps est assez frais pour la saison, mais que le soleil va certainement se montrer dans l'après-midi », oriente la conversation sur le grand sujet d'actualité :

« Et ce fameux dragon, patron, vous croyez qu'il existe ? »

L'hôtelier, qui tient délicatement une serviette-cornet par la pointe, interrompt son geste.

« S'il existe ? Et pourquoi donc croyez-vous que l'on ait construit un hôtel tout neuf à Saint-Plouc ? Pourquoi repeint-on les maisons ? Pourquoi met-on des fleurs partout ? Pour accueillir les visiteurs, parbleu ! Nous allons avoir une foule de curieux, qui viendront voir le dragon.

— Ce sera donc une curiosité touristique, comme la tour Eiffel à Paris ou le Colisée à Rome ?

— Absolument ! Je suis sûr que, l'année prochaine, notre dragon sera signalé dans les guides.

— Donc, il existe ?

— Comment ? Vous en doutez encore, mademoiselle ?

— Eh bien... Vous savez, je ne l'ai pas vu, moi ! »

L'hôtelier pose délicatement la serviette-chapeau-de-clown sur une assiette, lève un index et annonce :

« D'autres personnes l'ont vu. Des personnes dignes de confiance. Tenez, par exemple, Mme Basdelaine. C'est l'ancienne épicière qui avait une boutique au bout de la rue des Mimosas. Je dis "l'ancienne épicière", parce qu'elle a modernisé son magasin. Maintenant, c'est un libre-service, comme dans les grandes villes. Vous voyez que, dans la province, nous sommes tout de même évolués. Bon ! que disais-je ? Ah ! oui, Mme Basdelaine a vu le dragon. Elle avait pris son cyclomoteur pour aller au village voisin, Villevieille-la-Neuve. Et en cours de route, elle s'est trouvée nez à museau avec la bestiole. Ah ! ça n'a pas traîné ! Elle a fait demi-tour en vitesse, croyez-moi !

— Et vous dites que d'autres personnes ont vu l'animal ?

— Oui. Il y a aussi le garagiste Bricol. Justement, il est à côté du libre-service.

— Eh bien, je pense que j'ai le temps de faire un saut jusqu'au garage avant le déjeuner. »

Œil-de-Lynx fait son apparition. Il allume sa pipe en demandant :

« J'entends parler de garage. Est-ce une allusion à ma voiture ?

— Ce qu'il lui faudrait, réplique Françoise, ce n'est pas un garage, c'est un dépôt d'ordures !

— Allons donc ! Elle est impeccable, ma trottinette ! À peine cent vingt mille petits kilomètres. Je ne l'échangerais pas contre une neuve.

— Au lieu de dire des pitreries[1] , venez plutôt avec moi chez le garagiste. »

Nos deux reporters montent dans le tacot flambant neuf, roulent une centaine de mètres et s'arrêtent devant le Grand Garage ploucobouvien. M. Bricol s'approche en essuyant ses mains noires à un chiffon de même teinte gaie.

« Je fais le plein ?

— Oui, s'il vous plaît, dit Œil-de-Lynx en rallumant sa pipe devant le panneau *Défense de fumer.*

— Il fait frais, aujourd'hui, hein ? Mais ça va se dégager tout à l'heure. Le soleil va venir. »

Françoise intervient :

« Et le dragon, il va venir aussi ? »

Le garagiste a un petit rire :

« Le dragon ? Ah ! je parierais bien que vous êtes venus pour lui ?

— Et vous avez gagné. On nous a dit que vous l'avez vu. Est-ce vrai ?

---

1. Il vaut mieux dire des pitreries plutôt que des âneries, car les clowns ou pitres peuvent parler, alors que les ânes ne parlent absolument pas. (Note de Ficelle extraite de sa *Grammaire*)

— Absolument ! Aussi vrai que ce pneu a besoin d'être regonflé. Ça ne vous inquiète pas, monsieur, de rouler avec un pneu à plat ?

— Bah ! Il a toujours été troué comme une écumoire. Enfin, regonflez-le si vous pouvez. Mais pour en revenir à ce dragon, à quoi ressemble-t-il au juste ?

— Comment vous dire ?... Une sorte de grande dépanneuse couleur d'huile de graissage. Avec des dents comme celles d'une clé anglaise, mais en plus long, bien sûr. Et des yeux... tenez, à peu près comme les phares de votre auto.

— Poussait-il des cris ?

— Des cris ? Pas exactement. Il grognait plutôt, comme un moteur Diesel.

— Où l'avez-vous rencontré ?

— J'étais allé faire un dépannage du côté de Hamac-sur-Sieste, et au retour je l'ai aperçu qui se promenait dans un champ.

— Il allait vite ?

— Pas très. Peut-être dix-douze de moyenne. Mais à mon idée, il doit pouvoir pousser des pointes de cinquante ou soixante à l'heure. »

Œil-de-Lynx prend fébrilement des notes sur son bloc. Françoise demande :

« Qu'avez-vous fait ? Avez-vous essayé de le suivre ?

— Oh ! non. Je devais rentrer d'urgence au garage pour un travail pressé. Et puis je ne suis pas spécialiste en dragons, moi. Je laisse ça aux journalistes... Au fait, vous êtes peut-être des journalistes ?

— Oui, justement.

— Alors, n'oubliez pas de mettre mon nom dans votre canard : Bricol, patron du Grand Garage ploucobouvien.

— C'est entendu, nous n'oublierons pas. »

Le garagiste a fait le plein et regonflé le pneu. L'auto roule dix mètres, et s'arrête devant le Libre-Service Basdelaine, à l'instant où apparaît Boulotte qui fait une petite promenade pour explorer le village. Françoise lui demande :

« Ficelle n'est pas venue avec toi ?

— Non, elle continue de guetter le dragon derrière sa fenêtre. Vous allez dans ce libre-service ? Oh ! mais je vois des petits pois Groslourdaud ! Ma marque préférée... »

Pendant que la gourmande explore le magasin, Françoise et Œil-de-Lynx interrogent Mme Basdelaine qui trône à la caisse automatique.

« Le dragon ? Vous me demandez si je l'ai vu ? Je pense bien ! Ah ! quelle peur j'ai eue ! J'en ai encore le cœur qui bat comme un tambour ! C'est une affreuse créature, vous savez ! Je n'ai jamais rien vu d'aussi laid !

— Pourriez-vous me la décrire ? demande Françoise.

— Ah ! j'ai bien l'impression que c'est impossible ! Moi, dès que je l'ai aperçue, j'ai tourné la tête. C'est toujours ce que je fais quand il y a quelque chose d'effrayant à la télé. Tenez, l'autre jour, ils ont passé une histoire de fantômes. Eh bien, quand le fantôme

est apparu, à minuit dans le cimetière, j'ai fermé les yeux ! Et j'en ai rêvé toute la nuit. Les petits pois ? Le prix est marqué sur la boîte. Et nous avons aussi des gaufrettes en promotion. Profitez-en pendant qu'il en reste... »

Boulotte court vers le grand panier rempli de gaufrettes, tandis que Françoise pose une dernière question :

« À quel endroit étiez-vous quand vous avez vu le dragon ? »

— Attendez que je me souvienne... C'était en bordure de la voie de chemin de fer, après le bois Sansoif. Je revenais de voir ma cousine, vous savez bien, celle qui est toujours enrhumée... Je lui ai dit de prendre des cachets de Calmidon, mais elle n'en fait qu'à sa tête... »

Nos enquêteurs s'échappent pour couper court au bavardage de Mme Basdelaine, et regagnent l'hostellerie du Cheval-Noir.

Ficelle s'est déjà assise à une table. Avec un couteau, elle tape sur les verres et les assiettes.

« Écoutez, écoutez ! Je produis des sons mélodieux ! Et savez-vous pourquoi ?

— Pourquoi ? demande Boulotte en fourrant son nez dans le menu.

— Parce que je viens d'imaginer une astuce prodigieuse ! *Je vais charmer le monstre !* Oui ! Comme les Hindous qui jouent de la flûte pour charmer les serpents. Mais moi, je vais me servir de mon pipeau ! Je vais l'hynotipser avec mes yeux, et l'endormir avec ma musique fascinante ! Il deviendra doux comme...

— ... un agneau de trois ans, tu l'as déjà dit ! coupe Françoise.

— Parfaitement ! Tout ce que je vous demande, c'est de me laisser passer quand nous serons face au monstre, pour que je puisse le transpercer avec mon regard piquant comme du poivre.

— Entendu, ma grande, nous te laisserons tous les risques. »

Satisfaite, Ficelle laisse errer sur ses lèvres le sourire d'une proche victoire. Un seul regret vient tempérer son contentement : l'absence de Fantômette. Ah ! quel dommage que l'illustre justicière ne soit pas là pour admirer sa vaillance ! Mais notre grande fille se console tout de même en confiant au journaliste :

« Quand Fantômette lira dans *France-Flash* le récit pittoresque de mes exploits, elle en crèvera de jalousie ! C'est sûr, aussi vrai que 625 par 719 font 13 418. Quel titre allez-vous mettre à votre article, m'sieur Œil-de-Phénix ? "Ficelle capture le monstre du Massif central" ? Ou "Le dragon est vaincu par Ficelle la Téméraire" ? J'aimerais assez : "L'imbattable Ficelle a hypnotisé l'effroyable dragon." Ça sonne bien, non ? Et n'oubliez pas de prévoir un énorme emplacement pour mettre ma photo. Moi en gros plan, posant mon pied victorieux sur la poitrine du monstre terrassé ! »

Si Ficelle pouvait se douter de ce qui va arriver, son caquet s'en trouverait singulièrement rabattu.

Chapitre 5

Les empreintes

Fantômette ajuste le masque sur son visage, agrafe la cape de soie rouge au moyen d'un F d'or, et se regarde dans le miroir du cabinet de toilette. Satisfaite de son image, elle se fait un petit salut de la main, prend le fusil photographique, sort de la chambre et longe le couloir désert. Au bout, une fenêtre ouverte donne sur la cour de l'auberge. La jeune aventurière passe par l'ouverture, se laisse tomber dans le vide et atterrit sur le gravier, légèrement, sans faire plus de bruit qu'un chat.

Il n'y a personne dans la cour. De la cuisine, parviennent quelques bruits de vaisselle qu'on lave. Les autres pensionnaires ont regagné leur chambre pour y faire une sieste digestive, ou s'attardent encore dans la salle à manger devant un café. Sur la grand-place du village, il n'y a que deux personnes assises sur un banc, à l'ombre d'un platane : Boulotte et Ficelle. Elles ont entrepris de donner un grand concert symphonique d'après-midi, pour le seul bénéfice des moineaux et d'un chien errant. Boulotte tape sur un carton vide qui a contenu des paquets de lessive. Ficelle souffle dans son pipeau.

Sans se préoccuper des deux artistes, Fantômette leur tourne le dos et s'enfonce dans des ruelles vides. Saint-Plouc-les-Bœufs ressemble maintenant au château de la Belle au bois dormant. La justicière suit la rue du Moulin-à-Légumes, l'avenue des Clopinettes, traverse la petite place des Mimosas-Bleus. Bientôt, elle sort du village, et se trouve dans la campagne. Elle traverse un pré, atteint la lisière d'un bois, déroule une carte qu'elle a apportée.

« Voyons... je suis ici, près du Bois-aux-Chouettes. Je viens de quitter la route de Hamac-sur-Sieste. C'est de là que venait le garagiste lorsqu'il a aperçu le dragon. Devant moi, c'est le bois Sansoif. Et voici, là-bas, la voie de chemin de fer près de laquelle il est apparu à Mme Basdelaine. Et si l'on continue dans cette direction, on trouve le carrefour où Sébastien Piquette a fait son tête-à-queue avec sa voiture. Le monstre doit se trouver quelque part dans ce secteur. Allons voir... »

Elle replie son plan, reprend sa marche en avant. Elle longe le Bois-aux-Chouettes, coupe à travers un champ de luzerne, escalade une barrière de bois. Des senteurs végétales montent de la terre, tombent des

feuillages. Des bourdons se promènent au-dessus d'une haie où vient d'atterrir un papillon jaune. Au ras de l'herbe, une légère vibration de l'air révèle son échauffement sous l'effet des rayons solaires. Fantômette se dit qu'elle ferait mieux de s'allonger sous un arbre en mâchonnant une pâquerette, plutôt que de courir après un être épouvantable *qui n'a peut-être pas déjeuné.* D'autant qu'elle n'a pour toute arme qu'un mince poignard glissé à sa ceinture...

« Bah ! on verra bien. Rien ne dit après tout que la charmante créature est encore dans les parages. Elle peut très bien se déplacer. Et si elle est capable d'atteindre le soixante à l'heure, depuis hier soir elle a pu faire un joli bout de chemin. »

Fantômette poursuit son trajet dans un sentier qui sépare un pré à vaches d'un champ de trèfle. Il a dû pleuvoir la nuit précédente, car le sol est encore boueux, et notre héroïne doit regarder où elle pose le pied. En avant, à deux ou trois kilomètres de distance, une masse verte s'allonge entre ciel et terre : le bois Sansoif. À droite, une voie ferrée court sur un talus. À gauche s'élève une colline, indiquée sur la carte que Fantômette consulte de nouveau : le mont des Cerisiers.

« Donc, le dragon est apparu à peu près dans le triangle formé par le bois, la ligne de chemin de fer, et la colline. Ce n'est pas un très grand espace. Un triangle de trois kilomètres de côté, environ. Une bête aussi grosse ne doit tout de même pas passer inaperçue dans une surface aussi réduite... À moins qu'elle ne se cache dans les bois. Mais alors, comment la débusquer ? Il faudrait organiser une chasse à courre, avec des chevaux, une meute de chiens, et des messieurs élégants habillés en rouge et jouant du cor de chasse. S'il y a un châtelain dans les environs, il pourrait éventuellement nous mettre ça sur pied... »

Mais Fantômette ne compte guère sur cette solution. Elle préfère s'en tenir à son flair personnel, et à sa bonne étoile qui jusqu'à présent ne l'a jamais trahie.

Elle poursuit donc sa route, regardant attentivement autour d'elle, scrutant la lisière des bois, examinant les buissons, interrogeant les replis du terrain. Le chemin creux qu'elle est en train de suivre contourne un léger vallonnement, se rapproche de la voie ferrée.

Alors, Fantômette s'arrête.

Son regard vient de se poser sur une curieuse empreinte qui apparaît dans la boue du chemin, imprimée en creux.

« Mille pompons ! Qu'est-ce que c'est que ce truc ? On dirait... »

Elle fait trois pas en courant, se penche, regarde l'étrange dessin.

« Mon Dieu ! Si c'est ÇA, c'est épouvantable ! »

Ce que Fantômette vient de découvrir, ce qui lui fait passer un frisson entre les omoplates, c'est la marque *d'une énorme patte* ! Un pied gigantesque, long de plus d'un mètre, qui s'est enfoncé dans la boue molle en laissant la trace de trois longues griffes !

« Je doutais encore un peu de l'existence du dragon, mais cette fois-ci, il n'y a plus d'erreur ! Diable ! Si j'en juge par la profondeur des traces, il doit peser terriblement lourd ! Une dizaine de tonnes au moins ? Autant qu'un camion !... »

À trois mètres de cette empreinte, une seconde apparaît, puis une troisième, puis d'autres encore. Le monstre fait des enjambées formidables !

« C'était donc vrai ! Un dragon grand comme une maison, qui doit avoir la couleur verte de l'huile de graissage, et des yeux comme des phares d'auto... »

Du coup, Fantômette ne se sent plus tellement rassurée.

Pour l'instant, elle n'a mené qu'une enquête journalistique, qui se limitait à interroger les témoins. Mais maintenant, les choses deviennent beaucoup plus sérieuses. Elle a une preuve matérielle de l'existence du monstre. Et quelle preuve !

« C'est ahurissant ! Comment une telle bête peut-elle exister ? Les plus gros animaux terrestres sont les éléphants d'Afrique, mais le dragon, si l'on en juge par la pointure de ses pieds, est trois ou quatre fois plus grand ! »

Les idées se bousculent dans la tête de Fantômette. Pour les mettre un peu en ordre, notre aventurière s'assoit sur le talus, et passe mentalement en revue les animaux géants que décrivent les livres d'histoire naturelle.

« À part les éléphants, il y a les rhinocéros et les

hippopotames. Mais ils ne sont pas verts. Nous avons aussi la baleine, mais on ne la trouve que dans l'eau. Alors ? Des monstres démesurés, il y en a eu sur la Terre, mais au cours des temps préhistoriques. Si je me rappelle bien le cours que nous a fait Mlle Bigoudi, c'est pendant l'ère secondaire que vivaient des reptiles géants. Qui avaient des noms à dormir debout ! Dinosaures, iguanodons, stégosaures, ptéranodons... »

Fantômette tripote nerveusement le pompon qui orne son bonnet. Est-il possible qu'un de ces reptiles ait survécu jusqu'à présent ? Son espèce ne serait donc pas éteinte ?

« Non, ce n'est pas possible ! Si des diplodocus avaient vécu en permanence dans le Massif central, il y a longtemps qu'on le saurait ! Ce dragon-ci ne peut pas être le descendant d'un monstre antédiluvien ! »

Elle se relève, appuie pensivement sa joue contre la lunette de son fusil photographique.

« Un diplodocus qui surgit brusquement en plein XXe siècle, à l'époque des transports supersoniques, de la télé en couleurs et du lave-vaisselle ! C'est de la magie...

« Mais une magie de premier ordre ! D'habitude, les magiciens font sortir des lapins de leur chapeau. Cette fois-ci, c'est un lapin qui remplirait un cirque à lui tout seul ! Je me demande même comment il arrive à se cacher ? »

Elle reprend sa marche, trouvant tous les trois

mètres une empreinte colossale. Le chemin se dirige vers le bois. Est-ce là que le dragon a trouvé une cachette ?

Fantômette s'arrête un instant, soulève son fusil photographique et le braque vers les châtaigniers. Elle colle son œil à l'objectif, observe l'image fortement grossie. Mais elle ne voit qu'un alignement de troncs bruns resserrés. Il y a très peu d'espace entre les arbres, de sorte qu'on peut se demander si le gros corps du dragon aurait la place de s'y glisser.

« S'il voulait entrer dans le bois Sansoif, il serait tout de suite coincé, ce pauvre animal ! »

Elle progresse encore sur trois ou quatre cents mètres. Le chemin devient de plus en plus caillouteux. La boue se fait rare, et les empreintes moins profondes. Encore cent mètres, et le chemin se rétrécit pour n'être plus qu'un étroit sentier qui se perd dans la forêt.

Fantômette s'arrête.

À sa droite, elle trouve un vaste champ en friche, où les ronces disputent le terrain aux orties. Là, aucune trace de pas. À gauche, une surface couverte de pierraille qui s'élève en pente douce et rejoint le mont des Cerisiers. Des cerisiers, il y en a peut-être eu autrefois, mais maintenant le flanc de cette éminence est raboté, dénudé, et il n'y pousse que de maigres herbes bonnes tout au plus pour des chèvres anémiques. Dans cette rocaille, les pieds du monstre n'ont laissé aucune marque.

« Bon ! En somme, j'arrive à un point mort. Le trajet suivi par M. le Dragon s'arrête ici. Après ? On ne sait pas ! Peut-être s'est-il envolé ? Après tout, on représente toujours ces animaux avec des ailes... »

La jeune justicière lève les yeux. Elle ne voit dans le ciel que quelques cirrus, des nuages de forme allongée, très haut perchés, mais pas le plus petit dragon. De nouveau, elle braque son appareil photographique autour d'elle, en un large mouvement panoramique. Mais rien d'anormal n'apparaît.

Elle pousse un soupir.

« Me voilà bien avancée ! J'aurais mieux fait de rester à l'hostellerie, au lieu de perdre mon temps ici... Enfin, je vais tout de même prendre quelques vues de ces empreintes. Œil-de-Lynx pourra les passer dans son journal. »

Fantômette pointe son appareil vers le bas, appuie sur le déclencheur.

Alors, elle entend un sifflement bref, comme celui que produirait une badine fouettant l'air. Et aussitôt après, une forte détonation.

La jeune aventurière se jette à plat ventre sur le sol.

Chapitre 6

Chez le photographe

Sans aucun doute, la balle a été tirée depuis le bois Sansoif. Fantômette reste immobile, plaquée au sol, attendant un autre coup de feu. Les secondes s'écoulent, lentement. Un groupe d'hirondelles passe au-dessus des champs, surveillant le paysage. Soudain, quelque chose bouge entre les châtaigniers. Notre héroïne dirige son appareil vers ce point mobile, entrevoit la silhouette d'un homme qui tient un fusil. Elle appuie sur le déclencheur. Aussitôt après, l'inconnu fait demi-tour et disparaît sous le couvert des arbres.

« Charmant accueil ! Qui peut bien s'amuser à canarder les touristes inoffensifs ? »

Elle se relève, se lance au sprint vers l'endroit où le tireur a disparu. Elle se glisse entre les arbres, explore une partie du bois, puis se rend compte que l'homme, qui doit bien connaître la région, a pu facilement s'échapper. Du coup, elle renonce à le poursuivre. C'est alors qu'elle fait une découverte.

Sur une longueur de plusieurs dizaines de mètres, il y a dans le bois une trouée, un genre de tunnel. Des arbres ont été arrachés, abattus, écrasés, comme si un blindé lourd s'était frayé un passage à travers la futaie. Par endroits, le sol est profondément labouré, sous l'effet de griffes énormes.

« *Il* est venu ici. Joli travail ! Et moi qui croyais que des arbres suffiraient à l'arrêter. Pffft ! Il en fait du bois d'allumettes ! »

Elle prend encore quelques photos, puis quitte les bois et revient vers Saint-Plouc-les-Bœufs. Le village commence à sortir de sa somnolence. Les peintres se remettent à peindre, les couvreurs remontent sur les toits, les gendarmes préparent leurs carnets de procès-verbaux. Fantômette se glisse discrètement dans l'arrière-cour de l'auberge, grimpe le long d'un tuyau de fonte, passe par la fenêtre et se trouve nez à pipe avec Œil-de-Lynx.

« Tiens ! Vous revoilà, ma chère ? Vous êtes allée faire un tour en ville ?

— Dans la campagne, plutôt.

— Et vous avez vu des choses intéressantes ?

— Oui. Entrons dans votre chambre. »

La jeune aventurière relate sa découverte des traces dans le chemin et dans les bois. Œil-de-Lynx paraît vivement intéressé. Il retire sa pipe pour s'exclamer :

« Magnifique ! Maintenant, nous sommes sûrs que

le dragon de Saint-Plouc n'est pas un serpent de mer !

— Vous voulez dire : une légende ?

— C'est ça.

— Eh bien, mon cher Lynx, il y a une chose encore plus réelle que le dragon : ceci ! »

Fantômette fait rouler dans le creux de sa main un petit cylindre brillant.

« On m'a fait ce cadeau tout à l'heure, au moyen d'un fusil. Cette balle est passée à quelque trente centimètres de mon crâne, et elle a été se loger dans le tronc d'un acacia. Je l'ai extraite avec mon poignard.

— Diable ! Qui vous a donc tiré dessus ?

— Je ne sais pas de qui il s'agit. Un homme qui se cachait dans le bois Sansoif.

— Vous avez de la chance de vous en être sortie, ma chère ! Il n'a tiré qu'une seule balle ?

— Une seule, oui. Et je crois savoir pourquoi. »

Fantômette désigne le fusil photographique.

« Juste après avoir entendu le coup de feu, j'ai pointé cet instrument vers le bonhomme. Il a dû croire qu'il s'agissait d'une arme véritable, et que j'allais riposter. Alors, il n'a pas insisté. Mais j'ai eu le temps de le photographier.

— Bravo ! Il faut faire développer cette photo le plus vite possible. J'ai repéré un photographe dans le village.

— J'ai également pris quelques vues des traces laissées par le dragon.

— Re-bravo ! On va envoyer tout ça au journal. Je vois déjà le titre : “Fantômette terrifie le Dragon vert !”

— Hé, là ! Doucement... Pour l’instant, c’est plutôt moi qui risque d’être terrifiée. Vous êtes-vous déjà demandé ce que vous feriez si vous vous trouviez en face de lui ?

— Je... heu... Je crois que je ferais demi-tour le plus vite possible...

— Vous n’auriez peut-être pas tort.

— Mais notre rôle, à nous les journalistes, c’est d’aller au-devant du danger.

— D’accord ! Pour l’instant, allons au-devant du photographe. »

*

* *

« Malheur ! Je crois que j’ai fait une fausse note !

— Une seule, tu crois ?

— Peut-être deux...

— Moi, j’ai l’impression que tu joues faux depuis le début.

— Mais non, Boulotte, mais non. C’est parce que tu n’as pas l’oreille musicale. Allez, nous reprenons la *Symphonie du dragon.*

— J’en ai assez ! Il fait trop chaud, d’abord. J’aurais dû emporter un litre d’orangeade... »

Boulotte et Ficelle sont toujours sur la place principale du village, pour donner leur grand concert d’après-midi. Leur public se réduit à un chien errant (toujours le même), un chat qui leur tourne le dos, et un gamin qui contemple les musiciennes en mâchant du chewing-gum. Quoique cet auditoire soit des plus réduits, l'enthousiasme de Ficelle n'en est pas moins grand, et elle encourage Boulotte :

« Allons, un peu d'énergie ! Encore vingt-cinq zimboum-boum, et tu pourras aller remplir le gros tonneau qui te sert de bedaine...

— Quoi ? Moi ? Une bedaine ? Un gros tonneau ? Ah ! tu en as, un toupet ! Je suis tout à fait normale, moi. Presque svelte. C'est toi qui es mincissime ! »

La grande Ficelle hausse les épaules.

« Mincissime ! En voilà, un mot à la mords-moi-le-nez ! Mincissime ! Dis tout de suite que je suis maigre !

— Parfaitement ! Maigre comme une antenne de télé ! »

La discussion risque de tourner en dispute, lorsque Françoise apparaît, accompagnée d'Œil-de-Lynx.

« Nous allons chez le photographe, dit la brunette ; vous venez ? »

Le visage de Ficelle s'épanouit.

« Ah ! vous voulez qu'on fasse votre portrait ? Moi aussi, je veux qu'on me photographie. Je suis extrêmement photogénique. Quand je serai grande...

— Tu l'es déjà.

— Tais-toi, Françoise ! Quand je serai grande, je serai une supervedette de la télé. On verra ma photo dans *Télé-Scope*, et sur tous les posters. C'est ce qu'on appelle "passer à la poster-ité" ! »

Les élucubrations de Ficelle accompagnent le petit groupe jusqu'au magasin du photographe. Un fort beau magasin, moderne, où l'acier, le marbre, le verre et le plastique se combinent harmonieusement. Au premier abord, il est surprenant qu'un petit village perdu comme Saint-Plouc puisse espérer recevoir une abondante clientèle de photographes amateurs, qui viendraient dévaliser les rayons abondamment garnis de films et de pellicules. Mais l'apparition du dragon est peut-être une explication. Cette pensée a déjà traversé le cerveau de Françoise, qui confie au journaliste :

« Il y a ici tout ce qu'il faut pour satisfaire les amateurs de photos. J'ai l'impression qu'on attend du monde... »

Œil-de-Lynx approuve :

« Oui, le village espère certainement une invasion de touristes. Le nouvel hôtel, la remise à neuf des maisons, le terrain de camping. Mais il y a tout de même une chose qui m'intrigue...

— Dites ? »

Le journaliste mâchonne sa pipe, puis murmure :

« Vous n'avez pas remarqué que... Bon, attendez, nous en reparlerons plus tard. »

Il fourre sa pipe dans sa poche, entre dans la boutique.

« Bonjour, monsieur. Pourriez-vous nous développer une pellicule petit format ? »

Le photographe est un homme jeune, souriant et sympathique. Il approuve en secouant la tête :

« Certainement, monsieur. Vous pourrez repasser demain matin, ce sera prêt.

— C'est-à-dire que... Nous aurions aimé avoir ces photos le plus vite possible. C'est urgent. »

Le photographe hésite une seconde.

« C'est urgent, dites-vous ?

— Je suis prêt à payer ce qu'il faudra.

— Alors, dans ce cas... Je vais développer votre film tout de suite. Vous aurez vos photos d'ici une vingtaine de minutes.

— Parfait ! »

Œil-de-Lynx donne au photographe la pellicule qu'il a extraite du fusil photographique. À cet instant, un téléphone placé sur le comptoir se met à sonner. Le commerçant décroche.

« Allô ! Oui... Ah ? Vraiment ? Vous êtes sûr ? Bon, je vais faire le nécessaire. »

Il raccroche, puis confirme :

« Dans vingt minutes. »

Œil-de-Lynx, Françoise, Boulotte et Ficelle sortent du magasin. Boulotte fait alors une proposition :

« Je trouve qu'il fait chaud, et comme j'ai beaucoup tapé sur ma grosse caisse, j'ai très soif.

— Bon, dit Œil-de-Lynx, je vous offre des jus de fruits. Allons faire un tour au *Café de la mairie*. »

Nos enquêteurs prennent place devant des rafraîchissements. Tandis que Ficelle explique à Boulotte les subtilités de sa nouvelle symphonie, Françoise interroge le journaliste :

« Vous étiez sur le point de me révéler quelque chose ?

— Oh ! simplement une impression... Je ne sais pas si vous avez fait la même remarque...

— Dites toujours.

— Eh bien, il m'a semblé que la population de ce village n'est pas tellement effrayée par la présence du monstre. Tous les boutiquiers astiquent leur devanture, les hôteliers changent les draps... Vous ne trouvez pas que les habitants sont beaucoup plus préoccupés par l'arrivée des visiteurs que par la présence du dragon ? Et pourtant, il y aurait de quoi mourir de peur ! »

Françoise tortille pensivement une de ses boucles brunes, puis répond à mi-voix :

« C'est vrai. Le village semble accepter la présence du dragon comme un chose naturelle. Comme si c'était une simple curiosité touristique. Une source d'eau minérale ou une vieille abbaye... Pourtant, l'épicière semblait réellement effrayée.

— Elle est bien la seule ! Je vous dis, moi, que Saint-Plouc fait très bon ménage avec cette horrible bestiole. Et il y a là un phénomène tout à fait surprenant ! Les habitants devraient se terrer dans leurs caves, et ne pas oser montrer le bout de leur nez ! Mais au lieu de cela, ils repeignent leurs maisons et accrochent des bouquets de fleurs à leurs fenêtres ! Avouez que c'est renversant ! »

Françoise reste silencieuse un moment. Elle boit une gorgée de citronnade, et murmure :

« Il y a quelque chose de vrai dans ce que vous dites, Lynx. Le village devrait vivre dans l'angoisse, et la seule chose qui le préoccupe, c'est la venue des touristes. Oui, c'est bien étrange... »

Les méditations de Françoise sont interrompues par des cris suraigus de Ficelle. La grande fille expose avec enthousiasme ses idées sur la musique moderne :

« Pour faire de la musique populaire, c'est bien simple : il suffit de prendre un compositeur classique, comme Bach, Mozart ou Victor Hugo, et de le jouer sur un rythme dans le vent, avec une guitare électronique extra-sèche. Alors, vous avez quelque chose comme ça : dzimmmm... toutou... ta, ta, ta... dadi... dass... dass... dass... plom, plom... ouais ! C'est beau, non ? »

Œil-de-Lynx fait la moue.

« Oui. Disons que ça produit surtout du bruit. »

Ficelle est sur le point de répliquer avec énergie, quand Françoise lui coupe la parole :

« Les vingt minutes viennent de passer. Allons chez le photographe. »

Le petit groupe sort du café et revient vers le magasin. Le jeune homme sympathique reparaît, l'air désolé.

« Je suis navré... Il vient de m'arriver un pépin tout à fait inattendu... C'est la première fois que cela se produit...

— Qu'y a-t-il donc ? demande Œil-de-Lynx.

— Il y a... que je viens de rater le développement de votre film. J'ai interverti le révélateur et le fixateur. Et du coup, la pellicule est toute grise. Mais rassurez-vous, je vais vous l'échanger contre une neuve. Tenez... voici... et encore toutes mes excuses ! »

Le journaliste empoche le rouleau neuf et sort sur un bref salut. Il se tourne vers Françoise, lève un sourcil interrogateur. La brunette fait la moue.

« Oui, une maladresse bien regrettable. Si la pellicule n'avait pas été gâchée, nous aurions pu voir le visage de l'homme qui m'a tiré cette balle...

— Je ne sais pas si vous avez eu la même impression que moi, Françoise, mais il m'a semblé que...

— Que ce photographe *a voilé la pellicule exprès,* n'est-ce pas ?

— Oui, c'est cela.

— Comme s'il obéissait à un ordre donné au téléphone. Ce n'est peut-être qu'une coïncidence, mais tout de même il y a là quelque chose de troublant. »

Ficelle intervient :

« Tu dis que c'est troublant ? Moi, ce qui me trouble, c'est cette histoire de balle. On t'a tiré dessus, Françoise ?

— Oui. Ou plutôt, on a tiré à côté. Sinon, je ne serais plus là.

— C'est sûrement un chasseur maladroit.

— La saison de la chasse n'est pas encore ouverte, ma grande.

— Justement ! C'est un chasseur TRÈS maladroit, puisqu'il ne s'est même pas rendu compte que ce n'est pas l'époque ! Il y avait d'autres photos, sur ce film ?

— Oui. J'ai photographié les traces des pas du dragon.

— Pas possible ! Où étaient-elles, ces traces ?

— Près de la ligne de chemin de fer, vers le croisement de la route qui mène à Hamac-sur-Sieste. »

La grande fille prend aussitôt une décision.

« J'y vais ! Je veux voir ces traces ! Je vais les mesurer en me servant de mes pieds. Mon pied droit mesure exactement vingt-six centimètres de long, et mon gauche vingt-huit et demi. Sauf les jours pluvieux, où ils ont tendance à rétrécir. Comme le linge quand on le lave...

— Je t'accompagne », dit Boulotte qui espère cueillir des mûres dans la campagne.

Elles se séparent alors de Françoise et du journaliste qui leur recommande la prudence, et s'éloignent à grandes enjambées.

Œil-de-Lynx demande à la brunette :

« Qu'allons-nous faire ? Photographier de nouveau les traces du monstre ?

— Cela ne nous mènerait pas à grand-chose. Il serait plus intéressant de faire un portrait du dragon lui-même. Vous ne croyez pas ?

— Ah ! c'est certain ! Si je pouvais envoyer ce genre de photo à Tony Truand, on m'accorderait tout de suite l'augmentation que je demande depuis dix ans ! Peut-être même qu'il m'offrirait une nouvelle voiture ! Mais ce dragon, où le trouver ?

— Il doit se cacher dans quelque trou. Il a sûrement une tanière dans la région. Le problème est de trouver l'endroit exact.

— S'il faut ratisser tout le Massif central mètre par mètre, ça peut être rudement long ! »

Tout en devisant, ils sont revenus lentement vers l'hostellerie. C'est alors qu'apparaît un gros homme rougeaud, qui traverse en courant la grand-place. Il se dirige, lui aussi, vers l'auberge. Il s'engouffre dans l'établissement, interpelle le patron qui est en train de mettre en place le menu du soir, dans un cadre que tient un cochon grassouillet découpé dans du contreplaqué.

« Patron ! Patron !

— Monsieur le maire ?

— N'y a-t-il point chez vous en ce moment un journaliste de *France-Flash* ?

— Oui, parfaitement. J'ai inscrit sur mon registre M. Œil-de-Lynx... que voici justement. »

Le journaliste s'avance vers le gros homme.

« C'est moi, en effet. En quoi puis-je vous être utile ?

— Ah ! monsieur Œil-de-Lynx, je suis bien heureux de vous rencontrer. Il vient de m'arriver une chose épouvantable ! »

Chapitre 7

L'enlèvement

« Oui, une chose épouvantable ! Vous allez sûrement pouvoir m'aider. Mais j'oublie de me présenter : Séraphin Grossac, maire de Saint-Plouc-les-Bœufs. Oui, une chose affreuse !... Venez vite... »

Le maire traverse de nouveau la place à toute allure, accompagné par le journaliste qui flaire déjà un bon reportage. Françoise suit le mouvement, intriguée, se demandant si le maire ne vient pas d'apercevoir le dragon. M. Grossac agrippe le journaliste par le bras.

« Ce qui vient de se produire est abominable ! On a enlevé mes deux enfants, Paul et Paulette !

— Un enlèvement ? Vous êtes sûr ?

— Absolument ! Et je sais *qui* a fait le coup ! Karakoulian, mon ennemi personnel.

— Ennemi ? Pourquoi ?

— Je vais vous expliquer. Il y a quelques années,

j'exportais de la porcelaine en Turquie. Il faut vous dire que je dirige une petite fabrique. J'envoyais ma production à Ankara. Mon dépositaire là-bas était ce dénommé Karakoulian. Or, je me suis aperçu qu'il vendait la marchandise à son profit. Il écoulait les assiettes, et empochait les bénéfices. Je l'ai fait arrêter, ce qui ne lui a pas plu. Et maintenant, il se venge en enlevant mes enfants !

— Vous n'avez pas alerté la police ?

— Un coup de téléphone anonyme vient de me prévenir que, si je contacte les policiers, il jettera Paul et Paulette au fond d'un ravin ! Vous comprenez ma situation ? J'ai préféré vous appeler à mon secours...

— Vous avez bien fait.

— Et je sais que vous êtes en relation avec la fameuse Fantômette. Si vous lui faites savoir ce qui se passe ici, elle pourra sûrement venir m'aider !

— Oui, je le pense.

— Très bien ! Ah ! c'est une chance que vous soyez venu à Saint-Plouc. C'est le garagiste qui m'a signalé votre présence. Il a vu l'inscription *France-Flash* sur votre voiture. Mais nous arrivons... »

Le maire vient de s'arrêter devant une villa de belle apparence, entourée d'un jardin. Il pousse le portail, tire un mouchoir, s'éponge le front et dit :

« Venez avec moi. Je vais vous montrer l'endroit où se trouvaient Paul et Paulette. »

Dans le fond du jardin s'élève une petite baraque en

ciment, une sorte de cabane de jardinier. M. Grossac explique :

« C'est ici que mes enfants jouent habituellement. Cette petite maison leur sert de château. Ils y passent des journées entières. Ils s'y trouvaient tout à l'heure. Moi, j'étais dans mon bureau, occupé à remplir des paperasses. Je ne me suis pas rendu compte qu'une voiture stationnait devant la villa. C'est seulement lorsqu'elle a démarré à toute vitesse que j'ai flairé quelque chose de louche. Je me suis penché par la fenêtre, et j'ai vu Paul et Paulette sur la banquette arrière. Ils venaient d'être enlevés ! »

Françoise, qui est restée silencieuse jusqu'à présent, fait un pas en avant et demande :

« Qu'est-ce qui vous fait penser que le kidnappeur est ce Turc, Karakoulian ?

— J'ai eu le temps d'apercevoir la plaque d'immatriculation arrière. La voiture vient d'Ankara. »

Le maire tire un mouchoir, s'éponge le front. Il n'y a pas le moindre souffle d'air, ce qui augmente encore la chaleur. Françoise fait quelques pas vers la cabane, examine des jouets qui traînent par terre. Il y a là le désordre habituel que l'on trouve dans les endroits où jouent des enfants, de sorte qu'on ne peut repérer des traces de lutte. Et les ravisseurs, apparemment, n'ont rien laissé derrière eux. Le maire pousse un profond soupir.

« Ah ! si je n'étais pas le maire de cette commune, je laisserais tout tomber pour courir après Karakoulian. Mais mes fonctions ne me permettent pas de m'absenter. Et je n'ai personne pour me remplacer. Je vis seul ici, comprenez-vous ? Si seulement Fantômette pouvait se charger de l'affaire ! Savez-vous où elle se trouve en ce moment, monsieur Œil-de-Lynx ?

— Je crois le savoir, oui.

— Alors, dites-lui qu'elle se dépêche ! Il faut absolument qu'elle prenne le premier avion pour Ankara. Elle pourra peut-être arriver en Turquie avant Karakoulian ! Je me charge de tous les frais... »

Ils reviennent sur leurs pas, se dirigent vers le portail. Un rayon de soleil frappe le carreau d'une fenêtre, au premier étage. Un léger claquement. La fenêtre, qui était ouverte, vient de se refermer. Françoise demande :

« Il y a quelqu'un, là-haut ?

— Non. Ce doit être un courant d'air. »

Œil-de-Lynx franchit la grille. M. Grossac lui tend la main.

« Merci d'entreprendre cette poursuite. Mais surtout, appelez Fantômette à la rescousse. Je suis sûr qu'à vous deux, vous retrouverez très vite Paul et Paulette. Dès que vous serez arrivés en Turquie, télégraphiez-moi pour me tenir au courant.

— C'est entendu ! Au revoir, monsieur le maire ! Vous pouvez compter sur nous ! »

Le journaliste et Françoise se hâtent vers l'auberge. Œil-de-Lynx déclare :

« Voilà qui nous éloigne du dragon, mais je crois

que je tiens un beau reportage ! Dès que nous aurons réglé cette affaire d'enlèvement, nous reprendrons la piste du monstre.

— En attendant, il faut prévenir Ficelle et Boulotte de notre départ. »

Mais les deux amies ne sont pas encore rentrées à l'hostellerie. Œil-de-Lynx s'adresse alors au patron :

« Nous n'avons pas le temps d'attendre leur retour. Dites-leur que nous partons en voyage. Qu'elles restent tranquillement dans votre auberge, jusqu'à ce que nous revenions.

— Ah ! Et vous allez loin ?

— En Turquie. Nous vous rapporterons des cigarettes, patron ! »

*
* *

Fantômette abaisse le pare-soleil sur lequel est fixé un miroir. Elle vérifie le parfait bouclage de ses mèches noires, s'assure que le masque est bien ajusté. Puis elle demande :

« L'aérodrome de Hamac-sur-Sieste est à quelle distance ?

— Cinquante kilomètres », dit Œil-de-Lynx.

La jeune justicière sort alors de son sac de plage un horaire des lignes aériennes, et se plonge dans des calculs.

« Dans une heure quinze, nous avons un avion qui décolle de Hamac. Si Karakoulian veut prendre cet avion, il sera obligé de l'attendre, et nous le trouverons dans l'aérogare.

— Très bien, mais s'il a pris l'autoroute du Sud avec l'intention d'aller à Nice ?

— Dans ce cas, c'est nous qui prendrons l'avion et arriverons là-bas avant lui.

— Bon. Reste à savoir s'il a l'intention de se rendre en Turquie. Après tout, il peut très bien se cacher dans les environs... »

Fantômette réfléchit.

« Écoutez, Œil. Le maire semblait très sûr de lui. Si réellement Karakoulian veut retourner en Turquie, il se rendra à Nice pour utiliser le long courrier de... attendez... de 17 h 35, qui se pose à Ankara dans la soirée. De toute façon, nous serons fixés d'ici une heure. À condition que la casserole dans laquelle nous mijotons veuille bien couvrir ce modeste trajet. »

La casserole agite fortement ses pistons, ses bielles et ses engrenages. Une heure plus tard, elle s'arrête devant les pimpants bâtiments de la petite aérogare. Aucune voiture immatriculée en Turquie ne stationne dans les parages. Œil-de-Lynx, par acquit de conscience, jette un coup d'œil dans le hall. Il n'y trouve qu'une demi-douzaine de voyageurs bien de chez nous, sans aucun enfant. Il revient à la deux-chevaux.

« Karakoulian n'est pas là. Donc, il a suivi l'autoroute. Je vais prendre deux billets pour Nice, et nous l'attendrons à l'arrivée. Ah ! il aura une jolie surprise, ce monsieur ! Je vois déjà le titre à la une de mon canard : “Le ravisseur n’est pas ravi ! Il vient d’être arrêté grâce à l’intrépide Fantômette, et à notre envoyé spécial, l’incomparable Œil-de-Lynx !” Bigre ! ce ne sont pas les sujets qui me manquent, en ce moment ! Cette affaire d’enlèvement, plus les apparitions du dragon, plus l’agression dont vous avez été la victime, Fantômette ! Je vais noircir du papier, ma chère ! »

Le reporter se frotte les mains, souriant.

En revanche, Fantômette plisse son front, médite, tortille ses mèches. Elle paraît soucieuse. Le journaliste lui demande :

« Eh bien, vous ne trouvez pas que les choses s’arrangent ? Nous allons provoquer la capture d’un dangereux malfaiteur. C’est tout à fait le genre d’aventure que vous avez l’habitude de vivre, pas vrai ? Vous ne trouvez pas cela passionnant ? Non ? »

Fantômette se mord les lèvres, fait une petite moue. Elle murmure :

« Je ne sais pas. J’éprouve un sentiment bizarre... Comment vous dire ?... Il y a dans cette histoire d’enlèvement un je-ne-sais-quoi qui cloche... Tout cela ne me paraît pas naturel...

— Parbleu ! Un kidnapping, ce n’est pas une chose naturelle... Bon, je vais prendre les billets. »

Il sort de la voiture, entre de nouveau dans l’aérogare, s’approche d’un comptoir où une hôtesse souriante procède à la distribution des précieux billets. Restée dans la voiture, Fantômette mordille son index, rêveuse. Elle laisse son regard errer sur les villas construites en bordure de la route, égayées par des fleurs et des arbres. Les feuilles sont rigoureusement immobiles. L'air stagne.

« *Pas le moindre vent.* Depuis ce matin, il n'y a aucun courant d'air dans la région... »

Le reporter sort de l'aérogare en agitant les billets.

« Vous venez, ma chère ? Allez-vous voyager dans votre costume de justicière, ou allez-vous reprendre un aspect... heu... classique ? Je crois que vous avez des vêtements de rechange dans votre sac de plage ?... Ah ! J'entends un bruit de moteur... Oui, tenez... c'est notre avion qui arrive. Il va se poser et repartir dans cinq minutes... »

Fantômette semble vissée sur son siège. Elle tripote nerveusement son pompon, se gratte le bout du nez. Œil-de-Lynx commence à s'impatienter.

« Eh bien, qu'est-ce qui vous prend ? Sortez de cette voiture ! Nous n'avons plus de temps à perdre ! Allons, dépêchez-vous !

— Œil-de-Lynx...

— Quoi donc ?

— Avez-vous remarqué une chose ? Lorsque nous sommes sortis de la villa du maire, une fenêtre a claqué au premier étage.

— C'était un courant d'air...

— Non ! Ce n'était pas un courant d'air ! Il n'y avait pas le moindre souffle de vent. Quelqu'un se trouvait à l'étage, et a refermé la fenêtre.

— Le maire a dit qu'il vit seul.

— C'est faux. Je vous répète qu'il y avait une ou plusieurs personnes dans sa villa. »

Œil-de-Lynx hausse les épaules.

« Je ne vois pas ce que ça change...

— *Ça change tout !* L'honorable M. Grossac est en train de nous mener en bateau. Il nous a raconté une histoire à dormir debout. Cette affaire d'enlèvement, c'est de la fumisterie ! »

Le journaliste paraît ébranlé. Il demande :

« Vous croyez ? Cette affaire d'enlèvement... ce serait...

— ... un gros mensonge, mon cher ! Les enfants du maire n'ont jamais été enlevés. Ce sont eux qui se trouvaient au premier étage, et qui ont fait claquer la fenêtre. Allons, nous retournons à Saint-Plouc. Et en vitesse !

— Heu... bon, d'accord... Attendez une seconde, que je me fasse rembourser mes billets. »

Œil-de-Lynx rend les billets, et la voiture fait demi-tour en faisant crier les pneus. Pendant dix minutes, le bruyant véhicule dévore les hectomètres. Puis le journaliste grogne entre ses dents :

« Si ce que vous dites est vrai, je me demande pourquoi le maire nous a raconté cette fable ? »

Un léger sourire se dessine sur les lèvres de Fantômette. Elle répond :

« Je crois le savoir, mon cher Œil. Le maire a voulu m'éloigner. Me faire partir. M'envoyer en Turquie, c'est-à-dire au diable.

— Vous éloigner ? Bon, je veux bien. Mais pourquoi ?

— Parce que je suis dans la région. Parce que je m'occupe du dragon. *Parce que je suis Fantômette.* »

Œil-de-Lynx soupire.

« C'est vrai. Quand vous arrivez quelque part, c'est pour semer la panique chez les malfaiteurs. Mais, après tout, nous ne savons pas s'il y a des malfaiteurs à Saint-Plouc ?

— Nous finirons par le savoir. On a déjà essayé de me tuer. Maintenant, on cherche à me faire partir. J'ai en face de moi un adversaire que je ne connais pas. Lui me connaît, ce qui l'avantage. J'espère bien reprendre le dessus d'ici peu. D'ailleurs, je viens de faire échouer sa combinaison. Il pensait m'expédier en Turquie. C'est raté. Je vais maintenant me battre jusqu'au bout ! Je vais l'attraper, le faire cuire, le découper en sept morceaux...

— Et le manger avec de la moutarde ? On croirait entendre Boulotte ! » conclut Œil-de-Lynx en riant.

*
* *

La deux-chevaux s'arrête devant l'hostellerie du Cheval-Noir. Œil-de-Lynx descend, demande à l'hôtelier des nouvelles de Boulotte et Ficelle. On lui confirme qu'elles sont parties à travers la campagne, en emportant leurs instruments de musique. Le journaliste revient à la voiture et demande :

« Alors, que faisons-nous ?

— Demandons quelques explications à M. le maire.

— Entendu ! Je vais lui tirer les oreilles, moi ! Ça me fera un joli titre : “Le maire de Saint-Plouc a eu les oreilles allongées par notre envoyé spécial !” »

Nouveau démarrage de la voiture qui parcourt quelques centaines de mètres et stoppe près de la villa. Nos deux enquêteurs descendent, s'approchent de la grille. Dans le jardin, un garçonnet court après une petite fille en l'arrosant avec un pistolet à eau. Ils disparaissent en direction de la cabane qui leur sert de château fort. Œil-de-Lynx hoche la tête.

« Eh bien, on dirait que vous avez raison, Fantômette. Voilà Paul et Paulette. Je suis curieux de savoir ce que le maire va nous donner comme explication. »

Il appuie sur le bouton de la sonnette. Après un instant, une jeune femme apparaît. Elle porte un tablier de cuisine et tient la casserole qu'elle était en train d'astiquer.

« Qu'est-ce que c'est ?

— Pourrions-nous voir M. Grossac ?

— Ah ! non. M. le maire vient tout juste de partir pour rendre visite à ses cousins de Flot-les-Vagues.

— Savez-vous quand il rentrera ?

— Lundi prochain. Il va passer la fin de semaine là-bas.

— Bon, merci, mademoiselle.

— De rien, monsieur. »

Assez dépité, Œil-de-Lynx remonte dans la voiture.

« Vous avez entendu, Fantômette ?

— Oui. On dirait qu'il ne tient pas à nous fournir d'explication.

— Alors, que faire, maintenant ? »

Fantômette pianote nerveusement sur son genou droit.

« Franchement, je n'en sais rien. Revenons à l'auberge. J'ai besoin de réfléchir. »

La deux-chevaux opère un demi-tour plein de grincements, retourne devant l'hostellerie du Cheval-Noir. Œil-de-Lynx arrête le moteur. On voit alors apparaître l'hôtelier, qui accourt vers la voiture, tenant une lettre.

« Monsieur Œil-de-Lynx ! On vient d'apporter ceci pour vous ! Il paraît que c'est urgent. »

Le journaliste tend le bras hors de la portière, saisit la lettre qui ne porte aucune indication.

« Qui vous l'a remise ? »

L'hôtelier désigne le gamin qui au cours de la matinée avait écouté le concert de Boulotte et Ficelle.

« C'est le petit Jacquot, là-bas... »

L'hôtelier regagne son auberge, et Œil-de-Lynx déchire l'enveloppe. Il en sort une feuille où sont écrits ces mots :

Fantômette,

Quitte la région sans retard, sinon tu ne reverras jamais tes amies.

LE DRAGON.

Chapitre 8

Le mont des Cerisiers

Œil-de-Lynx laisse échapper de ses lèvres un léger sifflement.

« Bigre ! On dirait que ça devient sérieux...

— Tant mieux ! Je suis ravie de recevoir une correspondance signée par le Dragon. J'ai maintenant un objectif précis à atteindre : délivrer Boulotte et Ficelle. Jusqu'à présent, je dois avouer que je nageais un peu. Ce dragon, c'était du théâtre, du folklore... Tandis que maintenant...

— C'est un malfaiteur authentique, hein ? Un de ceux que vous terrorisez ? »

Fantômette a saisi l'ironie des mots. Elle fait la moue.

« Terroriser ? Je voudrais bien lui faire peur, à ce dragon. Mais je dois d'abord trouver sa tanière. Je vais fouiller la contrée centimètre par centimètre jusqu'à ce que je lui mette la main sur le museau ! Pour l'instant, il est le plus fort, c'est certain. Il sait où me trouver, puisqu'il m'adresse du courrier, alors que je ne connais pas sa cachette. Mais attendons la suite. Je me donne vingt-quatre heures pour délivrer mes amies et capturer le monstre. »

Œil-de-Lynx agite la feuille de papier avec un sourire et pose une question :

« Pouvez-vous m'expliquer comment ce monstre, qui est cinq ou six fois plus grand qu'un éléphant, a pu écrire cette lettre ? Il est donc capable de manier un stylo ?

— Ce n'est évidemment pas le dragon qui a tracé ces lignes. C'est un homme, qui est en relation avec l'animal. Son maître, peut-être. Son propriétaire... Oui, je vois les choses comme ça. Quelqu'un a le dragon à son service. Quelqu'un qui connaît mon existence, qui a essayé de me tuer à coups de fusil, qui a cherché à m'éloigner. Et qui, se rendant compte que je reste sur place, veut faire pression sur moi en enlevant mes amies. Si je ne pars pas, on leur fera passer un mauvais moment...

— On les jettera dans un ravin ?

— Peut-être. C'est ce que disait le maire à propos de Paul et Paulette. »

Fantômette roule entre ses doigts le pompon qui orne sa coiffure. Elle fait mentalement le point de la situation. Le dragon hante la région, mais sans aucunement terroriser les habitants. En revanche, ils semblent se méfier d'elle. D'abord, il y a ce coup de feu. Puis les photographies qu'elle a prises sont perdues. Ensuite, le maire essaie de la faire partir. Cette manœuvre ayant échoué, le mystérieux Dragon use d'un affreux chantage : enlèvement des deux amies et menaces de mort. Seul point positif : Fantômette a découvert les traces du monstre.

« Évidemment, je ne suis pas très avancée. Le dragon a une bonne cachette, et je ne vois pas par quel bout il faut commencer. Enfin, je vais toujours retourner là-bas.

— Là-bas ? Où ça ?

— Dans le triangle qui est délimité par la voie de chemin de fer, le bois Sansoif et la colline des Cerisiers. Je continue de croire que notre animal se terre dans ce secteur.

— Vous n'allez donc pas quitter la région ? Et la menace du Dragon ?

— Sa menace, je m'assois dessus ! Il faut que je sauve Boulotte et Ficelle le plus vite possible, voilà tout. Allons, en chasse ! Vous m'accompagnez ?

— Bien sûr. Mais vous ne croyez pas qu'il serait temps maintenant d'alerter la gendarmerie ?

— J'aime mieux essayer d'agir tout de suite. Allons vers le bois Sansoif, vite !

— Entendu ! »

Grosse pétarade. La voiture sort du village, s'engage dans un petit chemin qui conduit à la voie de chemin de fer, se rapproche du bois... Fantômette lève la main.

« Stop ! Tenez, c'est ici que j'ai trouvé les traces du monstre. »

Elle saute à terre, fait quelques pas, s'arrête, surprise.

« Mille pompons !... Les traces... »

Elles ont disparu. La terre du chemin a été retournée, ratissée, aplanie. Les profonds sillons creusés par les griffes du monstre ont été comblés. Fantômette caresse son menton, perplexe. Le journaliste s'avance.

« Eh bien, ma chère ? Ces empreintes de pas ? Où sont-elles ? »

Fantômette fait un geste qui exprime son désarroi.

« Elles ne sont plus là. Quelqu'un les a effacées. »

Œil-de-Lynx fronce les sourcils, bourre sa pipe, l'allume sans dire mot. Puis il murmure :

« Des photos qu'on n'arrive pas à faire développer. Des traces que l'on gomme... C'est à se demander si elles ont jamais existé. En somme, nous n'avons aucune preuve matérielle de la présence du dragon ? »

Fantômette répond sèchement :

« Dites tout de suite que j'ai inventé tout ça ! Vous me prenez pour une menteuse, maintenant ?

— Non, bien sûr. Mais vous avouerez, ma chère, qu'il y a là quelque chose de troublant.

— Bon, alors venez donc voir les dégâts qu'il a faits dans le bois. On peut effacer des empreintes,

mais on ne peut pas faire repousser en cinq minutes des arbres arrachés. Venez ! »

D'un pas énergique, Fantômette coupe à travers champs, en direction du bois Sansoif. Œil-de-Lynx la suit avec une certaine hésitation. La jeune aventurière ne s'est-elle pas trompée ? Ces sillons n'auraient-ils existé que dans son imagination ?

Nos deux enquêteurs atteignent la lisière du bois, s'enfoncent sous le couvert des arbres. Au bout d'une centaine de mètres, Fantômette s'exclame, triomphalement :

« Qu'est-ce que je vous disais ! Voilà le tunnel creusé par le monstre. Les arbres abattus, les buissons écrasés... »

Œil-de-Lynx pointe sa pipe vers le bout de la clairière.

« Tenez... le voilà, votre monstre. On ne peut tout de même pas le confondre avec un dragon, il me semble ? »

Ce que le journaliste vient de désigner, c'est un engin de chantier peint en jaune. Un bulldozer, dont la grande lame d'acier sert à tracer un chemin à travers bois.

Fantômette se mord les lèvres. Elle serre les poings et gronde sourdement :

« Qu'est-ce que c'est que cette histoire ? On veut essayer de me faire passer pour une idiote, non ? Pour une qui a des visions, les yeux en tire-bouchon et le cerveau comme du petit-suisse ? Ah ! je ne marche pas ! Le dragon existe, j'en suis sûre ! Et son propriétaire aussi, puisqu'il m'a envoyé cette lettre... »

Fantômette sort d'une petite poche la feuille de papier pour en relire le texte menaçant. Elle pousse une exclamation :

« Ah ! ça, c'est un peu fort ! Regardez donc, Œil-de-Lynx !

— Quoi donc ? »

La jeune aventurière lui montre la feuille dépliée, puis la retourne pour qu'il puisse l'examiner sur les deux faces. À son tour, il pousse un cri :

« Tonnerre ! Ce n'est pas possible !...

— Mais si ! *Le texte a disparu.* Effacé, envolé. Comme les traces, mon cher ! Le Dragon ne laisse rien derrière lui. »

Le journaliste prend le papier, le regarde de près.

« En effet, l'encre s'est effacée. Un produit chimique qui disparaît à la lumière. Eh bien, cela prouve que notre Dragon est un farceur, voilà tout !

— Un farceur qui a tout de même enlevé Boulotte et Ficelle. Et qui serait bien capable de les effacer aussi, comme il l'a fait pour ce texte ! »

Le journaliste s'assoit lourdement sur un tronc d'arbre, se gratte la tête avec le tuyau de sa pipe.

« Eh bien, nous ne sommes pas plus avancés. À votre avis, où devons-nous chercher le dragon ? »

Fantômette désigne d'un geste circulaire le paysage qui l'entoure.

« Il ne peut se cacher que dans ce panorama. Mais

où ? Les champs ? Parfaitement plats. Donc, j'élimine les champs. Les bois ? Le passage de l'animal laisse des traces, comme cette clairière artificielle. Donc, il n'est pas dans le bois Sansoif ni dans des broussailles où il se ferait repérer tout de suite. Reste la colline des Cerisiers. »

Le journaliste tourne son regard vers l'éminence recouverte de buissons et d'arbustes courts. Il secoue la tête.

« Non ! S'il s'était perché là-haut, on le verrait !

— Qui vous dit qu'il est *sur* la colline ?

— Où serait-il donc, ma chère ?

— *Dessous.* »

Œil-de-Lynx ouvre la bouche, ce qui provoque la chute de sa pipe. Comme le corbeau lorsqu'il laissait tomber son fromage[1] .

« Sous la colline ? Il faudrait qu'elle soit creuse !

— Elle l'est. »

Fantômette sort de sa poche secrète une petite brochure jaunie, aux pages à demi déchirées, qui doit bien dater du siècle dernier...

« J'ai trouvé cette notice dans un porte-cartes, à l'auberge. Elle se trouvait avec de vieilles revues agricoles. Vous voyez le titre : *Saint-Plouc et sa Région*. Regardez maintenant cette gravure, à la page 15. »

Le journaliste examine le dessin, qui représente

1. Cette histoire de corbeau mangeant du port-salut est parfaitement ridicule. Je n'ai jamais vu un corbeau manger du fromage. Ni un renard, d'ailleurs. (Note de Ficelle extraite de sa *Critique des «Fables»*)

l'entrée d'une galerie de mine. Un ouvrier pousse un wagonnet sur des rails qui s'enfoncent dans le tunnel. Deux carriers, munis d'une longue scie, sont en train de découper un bloc de pierre. Au bas de l'illustration, la légende indique : *Carrière de Saint-Plouc, dans le mont des Cerisiers.* Œil-de-Lynx entreprend de bourrer sa pipe (qu'il a ramassée). Il demande :

« Cette carrière est-elle encore en exploitation ?

— Je ne crois pas. En tout cas, elle ne figure pas sur la liste des industries de ce département. Mais les galeries doivent toujours exister.

— Et le monstre se cacherait dedans ?

— Évidemment. Sinon, où voudriez-vous qu'il aille, ce petit ? Il est là-dessous, avec Boulotte et Ficelle. »

Œil-de-Lynx allume son tabac et se lève.

« Bon. Allons-y ! »

Résolument, nos deux enquêteurs se dirigent vers la colline. Ils quittent la surface plane des champs pour s'engager sur la pente, où les cailloux se mêlent aux brins d'herbe folle. Il n'est pas question d'escalader complètement l'éminence, mais de la contourner pour trouver la galerie. Le soleil a un peu baissé, et un vent léger vient rafraîchir les visages, en faisant voleter la cape rouge de l'aventurière. Elle marche en tête, d'un pas vif, enjambant les roches qui affleurent, contournant les buissons, sautant les fossés où courent des ruisseaux qui ont pris naissance au flanc du mont.

Elle longe ainsi la partie ouest du relief, puis le sud,

se retournant de temps en temps pour s'assurer qu'Œil-de-Lynx la suit. Elle chemine maintenant le long du versant est, scrutant les replis du terrain pour y découvrir l'entrée de la carrière. Elle froisse de hautes fougères, évite les touffes d'orties, contourne des haies de ronces. La voilà maintenant au nord de la colline. Saint-Plouc-les-Bœufs réapparaît. Encore une centaine de mètres à parcourir, et elle se retrouve au point de départ. *Sans avoir trouvé l'entrée de la carrière.*

« C'est tout de même bizarre ! Nous avons fait tout le tour du mont des Cerisiers, et pas la moindre entrée en vue ! Qu'en dites-vous, Œil-de-Lynx ? »

Fantômette se retourne.

Longeant la pente herbeuse, un papillon mauve se pose sur une branche de genêt, repart vers une fleur blanche, s'envole. Le vent fait frétiller les feuilles d'un petit noisetier. Les nuages se promènent en silence dans l'espace. Le paysage est vide.

Sans le moindre journaliste.

Chapitre 9

Bizarres disparitions

Ficelle a donc décidé de mesurer les empreintes du monstre en se servant de ses sandales comme d'un double-décimètre. Boulotte, qui ne tient pas à passer l'après-midi sans mettre quelque chose dans son estomac, tire la grande fille par la manche.

« Attends une seconde ! Je veux aller au libre-service. J'ai besoin de pain, de beurre et de jambon pour fabriquer de nouveaux sandwiches que je viens d'imaginer. »

Ficelle est toujours attirée par les inventions, et demande en quoi ces sandwiches peuvent être nouveaux. La gourmande explique :

« C'est très simple. Au lieu de mettre une tranche de jambon entre deux tranches de pain, je vais mettre une tranche de pain entre deux tranches de jambon. »

Ficelle réfléchit une seconde, puis objecte :

« Tes tranches de jambon ne vont pas tenir contre le pain.

— Mais si ! Parce que je vais les coller avec du beurre frais. »

Et Boulotte court vers le magasin de Mme Basdelaine pour y faire l'emplette des éléments nécessaires à la confection des néo-sandwiches. Les deux amies sortent ensuite du village, et se dirigent vers les lieux indiqués par Françoise. Elles longent la voie ferrée, parviennent dans le chemin où le monstre avait laissé ses traces de griffes. Deux cantonniers, près d'une brouette chargée de terre, sont en train d'aplanir le sol. Ficelle se précipite.

« Ah ! messieurs ! Qu'est-ce que vous faites ? »

Surpris, les deux hommes interrompent leur travail. L'un d'eux consent à répondre :

« Ben... Vous le voyez, mam'zelle. Nous bouchons les ornières. Nous faisons notre métier, quoi.

— Mais vous effacez les pas du dragon ! Il paraît qu'il est venu par ici... Tenez, là-bas, ces creux... ce sont les marques de ses griffes gigantesquement énormes ! Il faut les conserver précieusement ! »

L'autre ouvrier fronce les sourcils et dit d'un ton menaçant :

« Écoutez, ma petite. On sait ce qu'on a à faire. Et, croyez-moi, on n'a pas besoin de vos conseils. Allez, filez !

— Mais... mais... »

Comme l'homme soulève sa pelle d'un air agressif,

Ficelle juge plus prudent de battre en retraite. Elle revient vers Boulotte qui s'est tenue à l'écart.

« Tu as vu, Boulotte ? Cet ignorant efface des traces d'une valeur inestimable ! Ah ! c'est malheureux, tout de même ! Chaque fois qu'on fait une importante découverte archéologique, il y a toujours des vandales qui détruisent tout, et les savants ne trouvent plus rien après leur passage ! C'est ce que nous disait notre institutrice, tu te souviens ? Eh bien, là, c'est pareil ! Je suis indignée !

— Moi, je suis affamée ! dit Boulotte d'un ton énergique. Allons nous mettre à l'ombre, dans ce petit bois. Je fabriquerai mon sandwich.

— Heureusement que tu es là pour me retenir, Boulotte, sinon je leur tirerais les oreilles, à ces deux ignares ! »

Scandalisée par la bêtise de ses contemporains, Ficelle décide illico de composer une œuvre vengeresse, un *Concerto pour flageolet et grosse caisse en carton,* qu'elle intitule « Combat de l'intelligence ficellienne contre l'ignarité de l'univers des alentours ».

Les deux filles atteignent la lisière du bois Sansoif. Boulotte s'installe au pied d'un chêne, déballe son petit matériel de pique-nique et commence à préparer les sandwiches modernes. Ficelle embouche son flageolet et lance les premières notes aigrelettes du concerto.

Elle en est à la sixième mesure (la, la, si, sol, sol),

lorsque la mélodie décroît soudainement et meurt avec une horrible fausse note. Ficelle lève lentement une main qui tremble, la pointe en avant et murmure, d'une voix blanche :

« Là-bas... Bou... Boulotte... re... regarde... Le dra-dra... le dragon ! »

Boulotte interrompt la mastication de son jambon-pain-jambon, tourne son regard vers le point qu'indique son amie. Elle laisse tomber le sandwich.

Il faut que son émotion soit bien forte pour que Boulotte cesse de manger. Mais il y a de quoi être ému !

Entre deux buissons accrochés à la pente de la colline des Cerisiers, un cou apparaît, surmonté d'une tête énorme qui ressemble à celle d'un serpent ou d'une tortue : une tête de reptile, verdâtre, recouverte d'une peau épaisse, écailleuse, luisante. Cette tête se meut lentement vers la droite, vers la gauche, comme pour inspecter l'horizon. Au bas du cou, une partie du corps apparaît. La distance ne permet pas d'apprécier exactement son volume, mais il peut se comparer à celui d'un gros camion. Ficelle balbutie :

« Il est... il est aussi grand que notre salle de classe... peut-être même encore plus grand ! »

Boulotte ne peut qu'approuver d'un signe de tête. Le monstre est là, bien vivant, parfaitement réel. Et il est midi, l'heure du déjeuner. Le dragon va certainement croquer Boulotte comme une simple pomme frite !

« Allons-nous-en ! » murmure la gourmande en fourrant dans ses poches le restant de ses supersandwiches.

Ficelle a une réaction étonnante :

« Non ! Tu peux t'en aller si tu veux, mais moi, je reste !

— Comment, tu n'as pas peur ?

— Si, j'ai peur. J'ai une peur horrible, mais je veux en savoir plus ! Je veux repérer l'endroit où se cache cette bestiole ! »

Et la grande fille, qui est pourtant célèbre pour sa frousse permanente, fait un gros effort pour rester sur place. Il faut dire que la curiosité l'emporte chez elle sur la peur. Le monstre est effrayant, sans doute, mais il pose aussi une énigme. Est-ce un descendant des sauriens gigantesques de l'ère secondaire ? Est-ce une variété particulière de crocodile ? Ou un varan géant, un de ces dragons que l'on trouve encore de nos jours dans l'île de Bornéo ? Pour trouver une réponse à cette question, Ficelle est bien obligée d'observer l'animal, donc de rester à proximité. Mais comme elle ne tient pas à être vue par lui, elle se terre autant qu'elle le peut, s'aplatit sur le sol comme un fantassin qui cherche à éviter un tir de mitraille. Boulotte se met également à plat ventre pour observer les mouvements du dragon.

L'animal ne semble pas manifester son hostilité, du moins pour l'instant. Il se contente de tourner sa tête d'un côté et d'autre, sans faire mouvoir son corps.

Mais que se passera-t-il s'il décide de venir vers le bois ? Ficelle prend une décision :

« Dans le cas où il descendrait la pente, on fait demi-tour et on retourne au village. D'accord ? »

Boulotte approuve d'un énergique mouvement de tête. Elle suggère :

« On pourrait peut-être partir tout de suite ?

— Non ! Je veux d'abord voir ce qu'il va faire. Te rends-tu compte que c'est la première fois que je vois un véritable dragon ? Quand mes copines apprendront ça, elles en deviendront violettes de jalousie ! D'ailleurs, je vais envoyer plein de cartes pour leur faire savoir que je suis une observatrice de dragons ! »

Le monstre fait encore deux ou trois mouvements de tête, puis il pivote lentement sur lui-même et s'éloigne vers le nord, en longeant la pente. Il disparaît derrière une crête rocheuse. Boulotte pousse un soupir de soulagement :

« Ouf ! Je suis bien contente qu'il soit parti ! Plus il sera loin, et mieux ça vaudra. Il me coupe l'appétit, cet affreux-là ! »

Mais Ficelle n'est pas entièrement de cet avis. Bien que les furieux battements de son cœur trahissent une peur intense, elle persiste à mener à bien le projet qu'elle a formé dans la matinée : charmer le dragon au moyen de son flageolet. Sans s'approcher trop près, bien sûr. On peut être téméraire, mais avec prudence.

« Je suis prudente avec témérité, Boulotte. Je vais

venir tout doucement derrière lui, très près, à une bonne centaine de mètres, et je vais lui susurrer dans les oreilles mon concerto à endormir les dragons. Tu viens ? »

Boulotte ramasse une tranche de jambon qui vient de se décoller, la plaque de nouveau sur le pain beurré, et dit « oui » mollement. Ficelle gonfle d'air ses poumons pour se donner du courage, plisse son front en prenant un air belliqueux, et marche vers la colline avec une résolution qui fait plaisir à voir. Boulotte ne peut s'empêcher d'admirer la grande fille. Elle pense :

« J'ai toujours vu Ficelle s'enfuir devant les araignées, mais je n'aurais jamais imaginé qu'elle se lancerait à la poursuite d'un dragon. Elle mériterait un sandwich d'honneur ! »

Les deux filles traversent les champs, atteignent le bas de la colline. Le monstre a dû contourner l'éminence, car il n'est plus visible. Peut-être s'est-il arrêté de l'autre côté, sur le versant nord ?

Elles entreprennent donc de contourner également le mont, en ralentissant toutefois leur marche. Car Ficelle a bien précisé : s'approcher du monstre, mais à bonne distance. Donc, il faut avancer prudemment.

Elles parcourent ainsi deux ou trois cents mètres, parviennent au pied du versant nord. Le dragon n'est toujours pas là. Ficelle gratte le bout de son long nez.

« Il continue de tourner autour de la colline, je suppose ? S'il s'était arrêté, je le verrais devant mes yeux

perçants comme les cris que je pousse quand on me chatouille sous les pieds ! »

Elle fait encore trois pas, et c'est précisément un cri perçant qu'elle pousse en sentant brusquement le sol s'enfoncer sous ses pieds. Boulotte, qui marchait juste derrière elle, lâche son sandwich une nouvelle fois en hurlant :

« Je tombe ! »

Les deux filles s'engouffrent sous la terre.

*

* *

Le journaliste s'est évaporé ! Disparu, escamoté comme une colombe dans le haut-de-forme d'un magicien.

« Où est-il passé ? Il marchait derrière moi, à quelques mètres... »

Fantômette revient sur ses pas, examine le haut de la pente, le bas, scrute les maigres buissons. Il n'y a en vue aucune cachette qui permettrait de dissimuler un homme.

« Ah ! ça, c'est un peu fort ! Comment a-t-il fait pour devenir invisible ? »

La jeune aventurière continue d'errer sur les flancs de la colline, mais sans beaucoup d'espoir. La disparition d'Œil-de-Lynx a été radicale, complète, instantanée.

« Suis-je en train de vivre un conte de fées ? Ou un film d'épouvante ? Il se passe des choses bien curieuses, sur cette colline... »

Désemparée, elle s'immobilise, ne sachant quel parti prendre. C'est alors qu'une petite musique vient frapper son oreille. Les notes nasillardes d'un pipeau qui joue *J'ai du bon tabac*. Un sourire éclaire le visage de la justicière.

« On dirait... le flageolet de Ficelle... Oui, c'est elle qui est en train de faire cette petite musique. Mais *où* est-elle ? »

Le paysage est toujours aussi désert. Fantômette perçoit nettement la mélodie, mais sans pouvoir préciser d'où vient le son. Pourtant, il ne peut provenir que d'un seul endroit : le sous-sol.

« Ficelle doit être sous terre, tout comme le dragon, et tout comme Œil-de-Lynx. J'ai l'impression que les carrières sont pleines de monde ! »

Elle se met à quatre pattes, marche dans l'herbe, fouine comme un chien à la recherche d'un rat, et finit par trouver. La musique semble produite par un bouquet de campanules.

« C'est bien la première fois que je vois des fleurs jouer *J'ai du bon tabac* ! »

À genoux, elle se penche sur les fleurs, et découvre un trou, qui n'est guère plus gros que l'entrée d'un terrier de lièvre. C'est de là que sortent les notes : do-ré-mi-do-ré...

Les notes s'arrêtent soudainement, et Fantômette entend la voix de Ficelle qui s'exclame :

« Tiens ! M'sieur Œil-de-Pince ! Qu'est-ce que vous venez faire là ? »

Le journaliste répond :

« Je viens de tomber dans un trou. Une sorte de trappe, je suppose.

— Ah ! Eh bien, c'est comme nous ! Pas vrai, Boulotte ?

— Oui. On a dégringolé sous terre. Et j'ai perdu un de mes sandwiches ! Une vraie catastrophe... »

Fantômette sourit. Ainsi donc, les deux filles et le journaliste se trouvent bien sous terre, dans une galerie de la mine, selon toute vraisemblance. Et ils auraient pu y rester longtemps sans être découverts, si cette musique providentielle et ce conduit d'aération inattendu n'étaient venus à point pour révéler la cachette.

« Ils sont tombés à travers une trappe, évidemment. Ou une sorte de piège à tigre. Une fosse recouverte de branchages et d'herbes. Sûrement quelque chose de ce genre. »

Avec précaution, pour ne pas tomber elle-même dans le trou mystérieux, Fantômette explore les alentours de la bouche d'aération. Le sol est couvert de pierraille, d'herbes sèches, de ronces. Si une trappe se trouve là, elle est bien dissimulée.

« Voyons... où étais-je lorsque je me suis retournée, et que je n'ai plus vu Œil-de-Lynx ? Plus par ici, il me semble... J'avais dépassé ce bout de rocher gris, je crois, et je me dirigeais vers cet arbrisseau ; ensuite... Aaaaaah ! »

La trappe vient de s'ouvrir sous les pieds de Fantômette !

Chapitre 10

Au sixième sous-sol

Fantômette se trouve brusquement plongée dans le noir. Après deux secondes de chute qui lui semblent interminables, elle tombe mollement sur un sol qui doit être recouvert par un matelas ou un tapis très épais. Au-dessus d'elle, la trappe s'est déjà refermée.

Notre héroïne se relève d'un bond, se tâte pour vérifier qu'elle n'a pas trois ou quatre jambes cassées, et constate avec satisfaction qu'elle est parfaitement entière.

« Bon ! Je voulais savoir où se trouvait le trou ! Me voilà renseignée. Mais on y voit aussi clair qu'au fond des oubliettes d'un château, par une nuit sans lune. »

Elle sort de sa poche secrète — qui contient un bon nombre d'objets — une lampe électrique de la dimension d'une gomme, et l'allume. La pièce où elle se trouve est une espèce de cave aux murs de pierre

grossièrement taillée. C'est apparemment une partie d'une galerie de mine, fermée par une porte métallique brillante qui a dû être installée récemment. À peine le rayon lumineux s'est-il posé sur cette porte qu'elle s'ouvre brusquement. Dans l'encadrement apparaissent les silhouettes de deux hommes vêtus de combinaisons vertes, coiffés de casquettes plates, comme certains pompistes.

« Venez par ici, Fantômette ! »

La jeune aventurière ne peut s'empêcher de sourire.

« Tiens ! Je vois qu'on me connaît. Ça fait plaisir d'être célèbre ! D'ailleurs j'ai déjà reçu du courrier à mon nom... expédié par le Dragon qui est certainement votre maître ? »

Mais les deux hommes ne daignent pas répondre à la question. Ils font signe à Fantômette de sortir de la pièce et de s'engager dans une galerie, dont l'éclairage est assuré par des tubes fluorescents. Cette installation électrique semble aussi neuve que la porte. Le Dragon a emménagé depuis peu dans la vieille carrière de Saint-Plouc.

Le petit groupe marche sur une vingtaine de mètres, puis marque une halte. L'un des deux hommes prend à sa ceinture un trousseau de clés, ouvre une nouvelle porte d'acier.

« Entrez ! »

Fantômette passe le seuil. La serrure claque derrière elle. Alors, une triple exclamation jaillit.

ŒIL-DE-LYNX. — Fantômette !

FICELLE. — Fantômette !

BOULOTTE. — Fantômette !

La jeune justicière a un petit rire :

« Eh oui ! Fantômette. Prisonnière comme vous trois. Capturée par Sa Majesté le Dragon. »

La grande Ficelle, les yeux arrondis par l'admiration, ouvre une bouche qui la fait ressembler aux grotesques figures qui ornent les toits de certaines cathédrales, ces gargouilles éternellement prêtes à cracher l'eau de la pluie sur les touristes imprévoyants qui ont oublié leur parapluie au mois d'août[1] .

Boulotte, qui tient toujours un petit sac en plastique où elle conserve son matériel à sandwiches, tend à Fantômette une tranche de pain beurré et jambonné. Elle propose :

« Puis-je vous offrir ce demi-sandwich ?

— Non, merci ! Il vous fera plus de profit qu'à moi. »

Boulotte s'empresse d'engloutir sa tartine, et l'aventurière demande à Ficelle :

« Dites-moi plutôt ce qui s'est passé ! »

Très flattée d'être questionnée par l'illustre Fantômette, Ficelle s'empresse de répondre :

« Je vais vous expliquer tout ça. D'une manière précise autant que détaillée. Parce que j'ai un don pour narrer ! Je suis une grande narrateuse... narratesse... narratiste... Donc, voilà que j'avais mis mes sandales

1. Cette phrase est exagérément longue. (Note de Ficelle dans ses *Commentaires grammaticaux*, rédigés sur son cahier de calcul)

pour aller mesurer les empreintes de pas du dragon. Il faut vous dire que mon pied gauche chausse du 42 et mon droit du 38. Ce qui complique beaucoup quand je vais chez un marchand de chaussures, parce que je ne trouve jamais ce qu'il me faut. Tenez, par exemple, pour mes souliers marron, c'est fou le temps que j'ai perdu ! Dans les boutiques, ils ne vous vendent que des chaussures assorties, de la même pointure. Et pourtant, les statistiques prouvent que 96 pour 100 des gens ont des pieds de longueur différente ! Moi, si j'étais un fabricant de sandales, d'escarpins et de pantoufles, je vendrais chaque pied séparément, vous comprenez ? Chacun choisirait ce qui lui conviendrait le mieux. C'est comme pour les chaussettes...

— Tu ne crois pas que tu ennuies Fantômette ? » demande Boulotte.

Ficelle reste bouche ouverte. Fantômette enchaîne :

« Donc, vous vouliez mesurer les empreintes du dragon. Alors ?

— Alors, j'ai pris mon courage à deux mains, mon flageolet de l'autre, et je me suis lancée témérairement dans le triangle indiqué par Françoise. Entre la voie de chemin de fer, le bois Sansoif et le mont des Citronniers.

— Cerisiers.

— Oui, c'est pareil. Tiens ! à propos de Françoise, je me demande où elle est, celle-là ! Si cette nouille était venue avec nous, elle aurait eu le gros honneur de vous voir. Mais elle est bête comme mes pieds.

Bon, qu'est-ce que je disais ? Ah ! oui, je suis venue ici, avec cette grosse bonbonne...

— Bonbonne, moi ? proteste Boulotte.

— Parfaitement ! Tu es venue avec moi. Alors, nous nous sommes postées stratégiquement à la lisière du bois. Et là, nous avons eu une vision épouvantesque !

— Vous avez vu le dragon ?

— Oui, lui-même et en personne ! Il a une tête horrible, un cou affreux et un corps pas beau du tout ! Mais comme je suis fortement téméraire, j'ai surmonté la peur de Boulotte et je me suis élancée vers le monstre avec la vivacité d'un asticot. Je ne sais pas si vous avez jamais vu un asticot de près, mais qu'est-ce que ça peut remuer !

— Bon, ensuite ?

— Ensuite, j'ai marché sur la piste du dragon, et j'ai fini par trouver un trou sous mes pieds mutins. Je suis tombée dans une espèce de cave, avec Boulotte, et deux bonshommes, habillés en vert, nous ont enfermées ici. Et puis M. Œuf-de-Tarin est venu à son tour, il y a cinq minutes.

— Et le dragon ?

— Je ne sais pas où il est allé. Mais il n'a pas pu passer par la trappe comme nous, parce qu'il est beaucoup trop gros. Mais maintenant, à mon tour de vous poser des questions, Fantômette. Comment se fait-il que vous soyez sur la piste de cette bestiole ?

— Oh ! moi, je m'intéresse à tout ce qui est mystérieux.

— Et qu'allez-vous faire, maintenant ? Sûrement un exploit ahurissant ! Vous allez prendre une décision extraordinaire, et enfermer le dragon sous votre bonnet ?

— Moi ? Je vais agir comme vous.

— Comme moi ?

— Oui. Je vais attendre tranquillement la suite des événements. Il n'y a rien d'autre à faire pour l'instant. »

Et Fantômette s'assoit sur une vieille caisse, dans un coin de la pièce. Ficelle se caresse le menton, fronce les sourcils. N'a-t-elle point là une occasion inespérée de montrer à Fantômette qu'elle possède des talents extraordinaires ? Qu'elle est une fille supérieurement intelligente ? Qu'elle pourrait être également une grande aventurière ? Oui, Ficelle se dit qu'il faut tenter quelque chose. Pendant que Fantômette reste assise dans son coin, l'intrépide Ficelle va sauver la situation, capturer le dragon, enfermer les bonshommes habillés en vert. Et l'illustre Fantômette sera transie d'admiration ! Elle s'inclinera bien bas devant la supériorité de Ficelle ! Ah ! quelle leçon ! Quelle démonstration ! Fantômette obligée de complimenter Ficelle ! Fantômette éclipsée, écrasée, aplatie par l'incomparable Ficelle ! Mmmmm ! Quelle chose délicieuse !

Déjà, la grande fille passe une langue gourmande sur ses lèvres, comme Boulotte lorsqu'elle s'apprête à déguster un millefeuille (ou un baba, ou une tarte aux fraises, ou un chou à la crème). Elle savoure sa victoire toute proche. Il ne reste plus qu'à prendre l'initiative, à se lancer dans l'aventure. Voyons... par où faut-il commencer ?

Ficelle pince ses lèvres, plisse son front, penche son long nez vers le sol, en tenant son menton entre le pouce et l'index. Elle se met ainsi en position de réflexion intense. Après quarante ou cinquante secondes d'immobilité absolue, elle relève la tête et déclare sentencieusement :

« Il faut nous évader ! »

Encore une demi-minute de travail cérébral, puis elle fait une seconde déclaration :

« Je viens de mettre au point un plan. Un plan génial et ficellien !

— De quoi s'agit-il ? demande Fantômette pour lui faire plaisir.

— Je vais lancer un appel au secours. Des gens viendront et ils nous tireront de là.

— Comment allez-vous faire pour appeler ?

— C'est justement là qu'est mon idée géniale. »

La grande fille reste un moment silencieuse en regardant autour d'elle, pour s'assurer qu'on l'écoute attentivement. Boulotte grignote son restant de sandwich. Œil-de-Lynx bourre une pipe. Fantômette joue avec son pompon noir.

Ficelle explique :

« Je vais faire des signaux de fumée, comme les Indiens. Vous savez ? Je vais envoyer cette fumée par le conduit d'aération.

— Et comment produirez-vous cette fumée ?

— Facile ! Mon plan ficellesque prévoit d'utiliser le tabac de M. Feuille-de-Thym. »

Le journaliste sursaute.

« Mon tabac ! Elle veut brûler mon tabac ! Un mélange spécial que je fais venir de Hollande !

— Justement ! Il produira de la fumée et du parfum ! Si quelqu'un passe dans le coin, il sera attiré et peut-être même alléché par l'odeur, comme le corbeau. Vous savez, celui qui aimait le camembert ?

— Soit ! Je veux bien sacrifier mon paquet de tabac, si cela peut aider à nous faire sortir d'ici. »

Œil-de-Lynx donne son tabac à Ficelle qui le prend, et retire aussitôt sa sandale gauche (la plus grande). Puis elle la retourne, et dépose sur la semelle le petit tas de tabac.

« Voilà. Il n'y a plus qu'à y mettre le feu, et à tenir le tout sous la bouche d'aération.

— Vous n'avez pas peur d'incendier votre sandale ?

— Non, non ! Ça ne risque rien ! »

Œil-de-Lynx craque une allumette, enflamme le tabac. Ficelle se met sous le trou et tend la sandale vers le plafond.

« Voilà ! Grâce à cette fumée d'alarme, on viendra bien vite nous délivrer. Ah ! quelle idée suprêmement géniale j'ai eue là ! Moi, je n'ai pas le cerveau en pâte de guimauve, comme Boulotte.

— Quoi ? s'exclame l'interpellée. J'ai le cerveau en guimauve, moi ? »

Mais l'indignation de la gourmande tourne court. La porte vient de s'ouvrir, et les deux hommes vêtus de vert reparaissent. Ils font un signe à Fantômette. L'un d'eux ordonne :

« Suivez-nous ! »

La jeune aventurière se lève calmement de sa caisse, lance un petit salut aux autres prisonniers, et franchit le seuil. La porte d'acier se referme derrière elle.

Debout au milieu de la pièce, Ficelle reste immobile, le bras en l'air, comme la statue de la Liberté.

Une liberté qui reste pour l'instant fort problématique.

*

* *

En parcourant les galeries de la vieille carrière, Fantômette peut se rendre compte que des aménagements récents y ont été faits. Le long des murs courent des canalisations fraîchement peintes. Tout l'éclairage est fluorescent. De temps en temps, on rencontre des tableaux de commande, des ampoules de couleurs variées, des haut-parleurs, des téléviseurs encastrés dans la paroi. À quoi donc une telle installation peut-elle servir ? Le dragon aurait-il besoin d'un repaire aussi perfectionné ?

Un garde appuie sur un bouton. Une porte glisse, découvrant l'entrée d'un ascenseur. Dans la cabine, Fantômette remarque six touches superposées et numérotées. Il y a six étages dans la colline !

L'ascenseur descend. Cinq lampes s'allument successivement, puis la sixième reste allumée, et la porte s'ouvre. Toujours escortée par ses gardes, Fantômette s'engage dans un nouveau couloir qui se termine en cul-de-sac. Devant cette porte se tiennent deux autres gardes. Fantômette murmure :

« Il a l'air d'être bien protégé, votre dragon. Enfoui tout au bas de la colline, entouré de gardes et de portes en acier. Vous avez peur qu'on vous le vole, ou quoi ?

— Silence ! » ordonne un des hommes.

Il enfonce trois fois une touche. Au-dessus de la porte, une lumière verte apparaît. Le battant de la porte glisse avec un léger ronronnement. Fantômette entre. Les gardes restent en arrière, et la porte se referme.

« Bonjour, Fantômette ! Avancez donc, ma chère. Prenez un siège. »

La jeune aventurière reste un moment immobile sur le seuil. Elle vient de pénétrer dans un vaste bureau, aux murs couverts d'aluminium en plaques. Un mobilier d'acier satiné donne au local une certaine froideur. Un grand classeur, des fauteuils tubulaires, un pupitre d'ordinateur d'où émergent des micros. Au fond de la pièce, un large bureau en croissant de lune, derrière lequel un homme se tient debout, un poing sur la hanche, dans une attitude de conquérant.

Un homme dont le visage est caché par un masque

de métal, où deux trous noirs laissent passer le regard. Fantômette n'a pu retenir sa surprise :

« Le Masque d'Argent ! »

L'homme incline légèrement son buste, puis s'assied.

« Oui, c'est bien moi, ou, plus exactement, le comte de Maléfic. Ma présence, ici, semble vous surprendre ?

— En effet. J'avoue que je vous croyais mort. Mais je suppose que vous avez gagné la rive à la nage, après le naufrage de votre yacht[1] ?

— Un naufrage prévu depuis longtemps, ma chère Fantômette. Je suis revenu à terre non pas en nageant, mais au moyen d'un hors-bord. Pour tout le monde, j'étais porté disparu, ce qui a bien arrangé mes affaires. Cela m'a permis de mener à bien un projet que j'étudiais depuis longtemps, et qui ne pouvait être réalisé qu'en secret, à l'abri des regards indiscrets.

— Je suppose que ce projet concerne le dragon ? »

Le comte a un petit rire :

« Quel nom stupide, n'est-ce pas ? Les dragons, cela n'existe pas. On ne les trouve que dans les légendes chinoises, les romans de chevalerie ou les films fantastiques. Non, mon animal à moi n'est pas une créature fabuleuse. C'est un être réel. Un reptile géant, un saurien de l'ère secondaire. Je peux même vous donner son nom exact : le *Tyrannosaurus Rex.* Le Tyranno-

1. Voir : *Fantômette et le Masque d'Argent.*

saure-Roi. Le plus grand, le plus terrible des dinosauriens. Un animal armé de dents aiguës, de griffes aussi longues que des poignards. Un monstre qui pourrait balayer une voiture d'un coup de queue et la projeter dans les airs. Une force de la nature, un char d'assaut invulnérable ! »

Le Masque d'Argent, emporté par la vivacité de son discours, s'est soudainement levé. Il fait le va-et-vient dans son bureau, gesticule, s'arrête, repart. On croirait voir un acteur lancé dans la grande tirade du cinquième acte, quand le duc de La Tour-Pointue annonce qu'il va jeter ses troupes à l'assaut du château royal, parce que Sa Majesté Potiron Ier lui refuse la main de sa fille, la princesse Harmonica.

Fantômette écoute silencieusement, avec autant d'attention que si elle était en classe, devant Mlle Bigoudi. Lorsque le comte se tait, elle objecte :

« Il me paraît impossible qu'un animal ait survécu pendant cinquante millions d'années !

— Vous semblez douter de son existence, chère amie ?

— Je demande à voir...

— Dans ce cas, c'est bien simple. »

L'homme masqué s'approche d'un écran de télévision, appuie sur une touche. Une image en couleurs apparaît. C'est un coin de campagne, un champ au fond duquel se dressent des arbres. Fantômette reconnait le bois Sansoif. Vers la droite, on découvre une partie de la ligne du chemin de fer. Sur la gauche, il y a une large tache verte. Le Masque d'Argent pose son doigt sur la tache.

« Voici le corps du tyrannosaure, son cou et sa tête. Tenez, il bouge. Le voilà qui se met en marche vers le bois... »

C'est vrai. Le monstre est en train de marcher, lentement, avec des enjambées énormes, de plusieurs mètres. Ses pattes de derrière sont massives, comme celles d'un éléphant, et elles se terminent par des pieds semblables à ceux d'un crocodile. En revanche, les pattes antérieures sont petites. L'allure générale rappelle celle d'un kangourou. Mais un kangourou deux fois plus haut qu'une girafe !

« Impressionnant, n'est-ce pas ? Le plus gros animal du monde. Le plus fort aussi. Le plus effrayant. Vous avez vu sa tête ? Aussi grande qu'une automobile. Il pourrait gober un veau comme vous croquez un bonbon. Savez-vous combien il pèse ? Vingt tonnes ! Regardez-le marcher... À chacun de ses pas, il fait trembler la terre. Rien ne l'arrête. Ni les barrières, ni les arbres, ni même les murs des maisons. Il écrase tout sur son passage. Il pulvérise les obstacles ! C'est une force irrésistible ! »

Le Masque d'Argent éteint le téléviseur, se tourne vers Fantômette.

« Eh bien, chère amie, qu'en pensez-vous ? »

La jeune aventurière secoue la tête.

« Impossible ! »

Le comte de Maléfic a un mouvement de surprise, d'indignation.

« Comment, impossible ? Vous venez de voir... Croyez-vous que mon téléviseur soit truqué ? Que je vous aie passé un film, par hasard ?

— Non, non, je ne dis pas cela. Votre monstre existe, c'est absolument certain. Mais je vous répète qu'il ne peut s'agir d'un animal venu des temps préhistoriques. Il y a d'ailleurs là un mystère qui m'échappe...

— Bon, très bien. Je vais vous expliquer. Notez bien que cette survivance des animaux très anciens n'est pas une chose impossible. On connaît des bêtes qui vivaient il y a des millions d'années, et qui existent toujours. Les tortues, par exemple. Les serpents, les lézards.

— Ils sont petits. Ils ne pèsent pas des dizaines de tonnes. Je vous répète, monsieur, que les grands reptiles ont disparu depuis longtemps.

— Les grands reptiles, soit. Mais *leurs œufs* ! »

Fantômette lève un sourcil.

« Leurs œufs ? Comment ça ? »

Le Masque d'Argent se met à nouveau à faire le va-et-vient dans la pièce. Après trois allées et venues, il se plante et déclare :

« J'ai trouvé un œuf de tyrannosaure. »

Chapitre 11

Un très vieil œuf

« Je crois que votre semelle commence à flamber ! dit Œil-de-Lynx.

— Vous croyez, m'sieur Heure-de-Pince ? »

Ficelle abaisse sa main, examine sa sandale d'où sort une épaisse fumée aussi noire que pestilentielle.

« Non, je ne crois pas. Il me semble même que le tabac est en train de s'éteindre. Je vais le raviver. »

Elle se met à souffler sur le tas de tabac, puis à tousser et à éternuer. La fumée lui remplit les bronches, les yeux. Elle pleure, se mouche, agite la main pour écarter le nuage nauséabond. Boulotte soupire :

« As-tu fini de nous enfumer ? Ça devient irrespirable, ici ! J'ai l'impression que tes signaux restent dans la pièce, au lieu de s'en aller au-dehors !

— Mais non, mais non. Je suis sûre qu'il en sort

un petit peu. Si cette idiote de Françoise passe dans le coin, elle repérera le nuage et viendra nous délivrer. Mais tu sais, je ne compte pas trop sur elle. J'aime mieux faire confiance à Fantômette. Si ça tourne mal et si le dragon veut nous manger, elle arrivera et lui coupera le cou. Mais bien sûr, elle attendra la dernière seconde, quand la situation sera désespérée. C'est toujours comme ça que font les grandes héroïnes ! »

Ficelle reste encore une minute ou deux avec son bras tendu à la verticale, puis elle passe une main sur son front où apparaissent des gouttes de sueur. Ensuite, elle se masse l'estomac en faisant la grimace. Œil-de-Lynx demande :

« Qu'y a-t-il ? Vous ne vous sentez pas bien ?

— Heu... Non, pas très bien. Il me semble que j'ai mal au cœur.

— Au cœur, ou à l'estomac ?

— Eh bien, heu... je ne sais pas exactement où ça se trouve, ces machins-là... J'ai mal au ventre, quoi !

— Ah ! je comprends ! C'est la fumée du tabac. Vous êtes en train de vous intoxiquer, ma chère Ficelle. Donnez-moi votre sandale. »

Le reporter écrase sous son talon les derniers brins de tabac dont la fumée donnait la nausée à Ficelle, puis il déclare :

« Je ne crois pas que cette fumée aura attiré beaucoup de monde. Il vaut mieux faire confiance à Fantômette, comme vous l'avez dit. »

Misérablement, Ficelle murmure :

« Vous croyez qu'elle va nous tirer de là ?

— Bien sûr, bien sûr ! » affirme Œil-de-Lynx, qui n'est sûr de rien du tout.

Boulotte prend alors la parole. Elle redresse la tête, écarte les bras, et lance, d'une voix dramatique :

« J'ai une épouvantable nouvelle à vous annoncer !...

— Qu'est-ce que c'est ? demande Œil-de-Lynx. La fin du monde ?

— C'est encore pire ! Je viens de m'apercevoir que nous n'avons plus rien à manger ! »

*

* *

Le Masque d'Argent répète :

« Oui, un œuf de tyrannosaure. Une jolie pièce, ma foi, qui mesurait près d'un mètre dans sa plus grande dimension. En parfait état de conservation. Intact. Et la preuve, c'est qu'il a donné naissance à l'animal que vous venez de voir.

— Comment a-t-il pu se conserver jusqu'à maintenant ? Il aurait dû se dessécher, ou pourrir, depuis le temps. Soixante millions d'années ! Quand des œufs de poule ont plus de trois ou quatre semaines, ils ne sont déjà plus mangeables. »

Le comte de Maléfic reprend place derrière son bureau, puis il demande, d'une voix paisible :

« Avez-vous déjà pratiqué la spéléologie ? »

Fantômette fait un signe de tête positif.

« Oui. J'ai exploré les grottes souterraines de Grantarc et Petitarc. J'ai navigué en canot pneumatique sur la rivière de Riquérac, à cinq cents mètres sous terre. J'ai plongé en scaphandre dans le siphon de Tourdanlsac, et j'ai même découvert une caverne inexplorée que j'ai baptisée de mon nom : la caverne Fantômette, qui se trouve dans le département du Lot.

— Bravo ! Tous mes compliments. Eh bien, puisque vous avez pratiqué la spéléologie, vous devez savoir que les grottes sont des endroits extrêmement humides. Humides et froids, n'est-ce pas ?

— Oui.

— Or, quand on se trouve dans le froid et l'humidité, on s'enrhume, on attrape des bronchites ou des angines. Est-ce vrai ?

— Oui, c'est vrai.

— Avez-vous jamais été malade, au cours de vos expéditions souterraines ?

— Non, jamais.

— Bon ! La conclusion saute aux yeux, ma chère : les grottes sont les endroits les plus sains du monde. Les microbes ne peuvent pas y vivre. On n'y est jamais malade. D'accord ? »

Fantômette fait une nouvelle fois un signe affirmatif. Il est vrai que les spéléologues ne sont jamais malades, parce qu'ils vivent dans un milieu parfaitement aseptique. Mais quel rapport tout ceci a-t-il avec l'œuf de tyrannosaure ? C'est ce qu'elle demande au Masque d'Argent, qui répond :

« J'y viens, chère amie. Je voulais simplement vous faire remarquer que, dans les souterrains, la putréfaction n'existe pas. Et que, si un œuf se trouve déposé dans les profondeurs de la terre, *il peut se conserver indéfiniment !* Commencez-vous à comprendre pourquoi mon œuf de tyrannosaure est resté intact après des millions d'années ? Je l'ai trouvé dans une caverne, en excellent état. Je l'ai mis à couver près d'une source de chaleur, et au bout de quelques mois, il en est sorti un joli petit reptile. Je l'ai nourri avec des vitamines, du miel et des hormones. Il a rapidement grandi, et il a atteint la taille impressionnante que vous lui connaissez maintenant. Voilà toute l'affaire. »

Fantômette reste un moment silencieuse, méditant sur ce qu'elle vient d'apprendre. Puis elle pose une question :

« Comment se fait-il que la population du village ne soit pas terrorisée par l'animal ? »

Le comte de Maléfic semble hésiter. Puis il prononce :

« Permettez-moi de ne pas vous répondre.

— Bon ! Mais vous pourrez peut-être me dire pourquoi un de vos hommes a tiré sur moi ?

— Il n'a pas tiré *sur* vous, puisque vous n'avez pas été touchée. Il voulait simplement vous faire peur.

— Et le faux enlèvement des enfants du maire ? Une astuce pour m'éloigner, n'est-ce pas ?

— Oui. J'espérais que vous iriez en Turquie.

Là-bas, un de mes correspondants vous aurait retenue. Voyez-vous, Fantômette, je n'aime pas que vous veniez fourrer votre joli petit nez dans mes affaires. J'espérais vous faire partir. Mais en téléphonant à l'aérogare, j'ai appris que vous n'étiez pas montée dans l'avion. J'ai alors écrit une lettre pour tenter de vous décourager. Mais sans résultat... Notez bien que j'aurais pu donner l'ordre de vous supprimer. Mais ç'eût été dommage.

— Trop aimable !

— Pas d'ironie, je vous prie. N'oubliez pas que vous êtes entre mes mains. Ainsi que vos amies et ce nigaud de journaliste.

— Et qu'allez-vous faire de nous ?

— Pour l'instant, vous garder ici.

— Nous sommes des prisonniers, alors ?

— Mieux que cela, même. *Vous êtes des otages.* »

Le Masque appuie sur un bouton. La porte s'ouvre de nouveau, et les gardes réapparaissent.

« Emmenez notre jeune amie dans la cellule n° 1. Je tiens à ce qu'elle soit séparée des autres. Avec cette petite maligne, on ne saurait prendre trop de précautions. »

Deux minutes plus tard, une épaisse porte d'acier se referme sur Fantômette.

Chapitre 12

Le labyrinthe

« Alors, vous êtes sûr qu'on a vu mes signaux en morse ? Hein, dites, m'sieur Aile-de-Dinde ? On va venir à notre secours ?

— Je l'espère, ma chère Ficelle.

— D'ailleurs, même si personne n'a vu mes anneaux de fumée, ça n'a aucune importance, puisque Fantômette sait que nous sommes ici. Elle viendra nous sauver, foie de veau ! »

Boulotte, qui s'est assise sur une caisse, la tête entre les mains, ouvre la bouche :

« Ah ! Ficelle, ne me parle pas de foie de veau ! Avec du piment, de l'ail, de l'échalote et des pommes vapeur... Mmmmm ! C'est délicieux ! »

Elle soupire, puis demande :

« À votre avis, est-ce qu'on va nous apporter quelque chose à manger ?

— Sûrement du pain sec et de l'eau », répond Ficelle.

Nouveau soupir de la gourmande qui se demande pourquoi elle n'est pas restée tranquillement à Framboisy, devant son pot de confiture préféré. (Elle affectionne particulièrement celui qui contient de la confiture d'oranges). Ficelle reprend :

« Notre situation est hautement dramatique ! Elle me fait penser à Vincingétorix, qui a été le prisonnier de César pendant un grand tas d'années ! Et il n'a même pas eu l'idée de s'évader ! Moi, si j'avais été à sa place...

— Chut ! »

Œil-de-Lynx pose un doigt sur ses lèvres. Ficelle se tait. On entend le claquement d'une porte voisine, et le pas des gardes qui circulent dans un couloir. Puis le silence revient. Le journaliste murmure :

« J'ai l'impression qu'on vient d'enfermer quelqu'un dans une autre cellule, à côté. Peut-être est-ce Fantômette ?

— Ah ! alors, si elle est aussi enfermée que nous, comment va-t-elle s'y prendre pour nous sortir de ce cachot sombre et humide ?

— D'abord, cette pièce est très bien éclairée ; ensuite, elle est parfaitement sèche. Enfin, vous m'avez dit, chère Ficelle, que vous avez toute confiance en Fantômette ? »

La grande fille secoue vivement la tête de haut en bas.

« Certain et sûr ! Ma confiance en Fantômette est aussi grosse que Boulotte. Elle nous tirera de là ! Mais évidemment, ce serait encore mieux si nous pouvions nous évader avant ! Ah ! oui ! Fantômette serait béate d'admiration devant moi si je parvenais à sortir toute seule de ce cachot éclairé et sec ! »

Et Ficelle recommence à faire bouillir son cerveau, pour trouver un génial plan d'évasion.

« On pourrait peut-être élargir le conduit d'aération ?

— Non, dit Œil-de-Lynx, il est en ciment, et nous n'avons aucun outil.

— Alors, il faut sauter sur les gardes quand ils entreront, les attacher comme des rôtis...

— Ah ! ne parle pas de rôtis ! » gémit Boulotte.

Mais Ficelle continue :

« Les attacher comme des rôtis et prendre la fuite à deux mains ! »

Le journaliste objecte :

« Cela me paraît trop dangereux. Ils ont des pistolets, et ils risquent de s'en servir. »

Ficelle s'assombrit.

« Alors, je ne vois pas. Il faut attendre que Fantômette nous aide. »

Elle s'assoit sur une caisse, fait la moue, tape du pied. Puis soudain se lève, le visage illuminé.

« Ah ! je viens de trouver quelque chose de très ficellesque ! Nous allons bavarder avec Fantômette ! »

Intrigué, Œil-de-Lynx lève un sourcil. Qu'a encore imaginé Ficelle ? La grande fille explique :

« Si Fantômette se trouve dans une pièce à côté, nous pouvons taper sur la cloison et communiquer acousti... acousti...

— Acoustiquement ? En tapant un coup pour la lettre A, deux pour B, trois pour C ?

— Oui, c'est ça ! On essaye ?

— Si vous voulez...

— Il me faudrait un objet dur...

— Prenez ma pipe. »

Pipe en main, Ficelle s'approche du mur, et réfléchit :

« Voyons... que pourrais-je lui dire ?

— Demande-lui à quelle heure ils servent le dîner, suggère Boulotte.

— Non, je vais d'abord lui indiquer que c'est moi qui lui parle. »

Et Ficelle entreprend de taper sur le mur, régulièrement. D'abord neuf coups, puis trois, puis encore neuf. Ensuite, elle marque un temps d'arrêt et frappe selon cet ordre : 6-9-3-5-12-12-5. Puis elle attend une éventuelle réponse. Après quelques secondes, elle a le bonheur d'entendre à son tour une série de coups : 9-3-9... 6-1-14-20-15-13-5-15-15-5.

« Ça y est ! Elle a répondu ! Ah ! quelle idée fortement ficellienne j'ai eue là ! J'ai envie de lui raconter une histoire. Par exemple, *Le Petit Poucet*. Voyons... Ça commence par *"Il était une fois..."* 9... 12... 5... »

La porte s'ouvre de nouveau, ce qui interrompt le conte de Perrault. Les deux gardes réapparaissent, porteurs d'assiettes en aluminium et d'une marmite d'où sort une odeur de haricots. Boulotte passe la langue sur ses lèvres et murmure :

« Miam ! Je vais enfin pouvoir me régaler ! »

Les gardes distribuent les assiettes, y versent une louche de haricots, déposent sur la table une cruche de piquette, et se retirent. Ficelle constate avec satisfaction :

« Une chose est certaine en tout cas : le Dragon n'a pas l'intention de nous faire mourir de faim. Tu dois être rassurée, Boulotte ? »

Comme elle a la bouche pleine, la grosse fille ne peut répondre que par un signe de tête affirmatif. Ficelle reprend :

« Nous n'allons pas mourir de faim, mais il ne faut pas que ça nous empêche de nous évader. À votre avis, Heure-de-Prince, comment Fantômette va-t-elle s'y prendre pour nous faire sortir ? »

Œil-de-Lynx fait avec sa cuiller un geste évasif.

« Comment voulez-vous que je le sache, ma pauvre Ficelle ?

— Vous ne devinez pas ? Eh bien, moi, je vais vous le dire ! Fantômette a toujours sur elle des tas d'outils cachés. Dans ses chaussures, dans sa ceinture ou son bonnet. Alors, elle va se débrouiller pour sortir de ses vêtements un gros paquet de dynamite ou une perceuse électrique, et elle va faire un grand trou dans la porte de sa cellule. Elle sortira, et elle nous ouvrira. Voilà ce qui va se passer.

— Espérons-le ! »

Œil-de-Lynx termine ses haricots, boit un verre de vin, récupère sur la sandale de Ficelle quelques brins de tabac qui ont survécu à l'incendie, et allume une pipe digestive. Puis il s'assoit sur une caisse et attend calmement la suite des événements.

*

* *

Fantômette, qui avait collé son oreille au mur pour écouter les signaux frappés au moyen de la pipe, entend une clé tourner dans la serrure. Elle s'éloigne de la paroi. La porte s'ouvre, et les deux gardes entrent.

« Tiens ! Vous m'apportez le dîner ? C'est gentil, ça. Quel est le menu ? Homard, caviar, foie gras et champagne ? Non ? Des haricots secs ? Diable ! M. le comte ne se met pas en frais pour ses hôtes, il me semble... »

Sans répondre, un des gardes dépose une assiette sur la table. L'autre plonge la louche dans la marmite. Alors, très rapidement, Fantômette prend une décision. La porte est restée ouverte. Un des gardes a les mains occupées. L'autre verse à boire dans le verre. La jeune aventurière dispose de trois secondes pour tenter quelque chose. D'un geste très naturel, elle se penche vers la marmite comme pour en examiner le contenu. Puis elle saisit brusquement le récipient, le soulève et le fait retomber sur la tête du garde qui tient la louche. Soudainement coiffé par ce chapeau inattendu, l'homme reste paralysé sous l'effet de la surprise. Avant que l'autre garde n'ait eu le temps de dégainer son pistolet, Fantômette se rue vers la sortie, referme la porte et tourne la clé qui est restée dans la serrure. Aussitôt, elle entend un tambourinement contre le battant, des cris, des appels. Ce n'est pas le moment de s'attarder dans le couloir. Elle bondit vers l'ascenseur dont la cabine se trouve, par chance, à cet étage, et appuie sur le bouton du bas : sous-sol n° 6. Arrivée à cet étage, elle sort, s'engage dans une galerie en courant. Elle parcourt ainsi une centaine de mètres, avise un coude qui tourne à droite, s'y engouffre à toute allure. Un peu plus loin, nouveau coude vers la gauche. À partir de là, il n'y a plus d'éclairage, et la jeune justicière doit poursuivre son chemin en se servant de sa petite lampe. Elle court encore le long d'un tunnel sombre, trouve un embranchement, encore des bifurcations. Quand elle juge que la distance la séparant de ses éventuels poursuivants est convenable, elle s'arrête pour souffler, puis écoute.

Aucun son ne lui parvient. Elle est seule.

« Ouf ! me voilà tranquille. Tout de même, quel infernal toupet de leur être passé sous le nez ! Ils

auraicnt pu mc transformer en passoire brevetée, comme dirait Ficelle. »

Oui, elle a eu de la chance. Mais la partie est loin d'être gagnée. Elle se trouve toujours au cœur du mont des Cerisiers, dans un réseau de galeries inconnues, sous la menace de gardes armés qui doivent être à sa recherche. Pour l'instant, elle se sent en sûreté, mais le problème véritable, c'est d'aller à l'extérieur. Or, la sortie se trouve à la surface de la colline, vers le haut. C'est-à-dire à l'endroit d'où elle vient.

« C'est vrai, ça. Ce n'est pas en m'enfonçant sous terre que je vais trouver la sortie ! J'aurais dû essayer de trouver un escalier ou quelque passage remontant à l'air libre. Il va falloir que je revienne à l'étage zéro, sans tomber sur ces messieurs. Mais ce n'est pas très prudent... Que faire ? J'attends que l'agitation se soit calmée ? Oui, ça vaut mieux. Quand ils verront que je suis introuvable, ils se décourageront peut-être. »

Elle s'assoit tout bonnement sur le sol, éteint sa lampe pour économiser sa pile, et attend en se racontant l'histoire du *Chat botté* pour passer le temps.

Au bout de deux heures, elle se relève, rallume la lampe et revient sur ses pas.

En faisant demi-tour, elle bute sur un obstacle, et manque de tomber. Elle braque le faisceau vers le bas, aperçoit une barre de fer qui a dû séjourner là depuis l'époque où la carrière était en activité. Le métal n'est pas rouillé, preuve que l'air est parfaitement sec en ces lieux. Fantômette ramasse la barre, qui pourra constituer une arme le cas échéant.

Elle marche pendant deux ou trois minutes, rencontre une bifurcation. Laquelle de ces deux galeries a-t-elle prise en venant ?

« Celle de gauche, il me semble. Oui, ce doit être par là... »

Elle s'engage donc dans le couloir de gauche, et au bout de cent mètres, rencontre à nouveau deux voies.

« Diable ! Ça se complique... Par où étais-je passée ? À droite, je crois... »

Après un trajet de trois ou quatre minutes, elle se trouve devant un obstacle : un mur de pierre. La galerie s'arrête là.

« Bon, constate-t-elle. Je me suis trompée, c'était l'autre galerie. »

Notre aventurière revient sur ses pas, prend la galerie de gauche. Encore cent mètres, puis elle atteint un carrefour. Cette fois-ci, ce sont quatre tunnels qui apparaissent. Fantômette s'arrête, perplexe, et se mord les lèvres.

« Mille pompons ! Ça devient de plus en plus compliqué ! Là, j'avoue que je ne m'y retrouve plus... Par où faut-il passer ? Si seulement il y avait des panneaux indicateurs... Mais non, rien du tout ! Le Masque d'Argent aurait tout de même pu accrocher une pancarte marquée *Sortie*, avec une flèche. Ça m'éviterait de perdre mon temps et de tourner en rond bêtement... »

Au bout d'un quart d'heure, Fantômette constate

avec inquiétude que la lumière de sa lampe vire au jaune. La pile commence à s'épuiser, et le rayon n'éclaire plus qu'à un ou deux mètres. Pour gagner du temps, la jeune aventurière se met à courir au pas gymnastique. Mal lui en prend, car au bout de dix mètres elle doit stopper brutalement, son nez s'arrêtant contre une paroi inattendue.

« Pétard ! un dixième de seconde de plus, et je m'écrasais le visage contre ce mur ! Encore une galerie qui se termine en cul-de-sac ! »

Demi-tour, et nouvelle exploration, à petite vitesse cette fois. Fantômette doit désormais tenir sa lampe au ras du sol pour voir où elle pose ses pieds. Après cinq minutes, la lueur de la lampe s'affaiblit encore, pour n'être bientôt plus qu'un point rougeâtre. Encore une minute, et c'est fini. La lampe s'éteint complètement. Dans l'obscurité maintenant totale, Fantômette marche lentement, se servant de la barre de fer comme d'une canne d'aveugle.

« Mille millions de pompons ! Il y a des kilomètres et des kilomètres de galeries dans cette carrière ! Ça n'en finira jamais ! Et j'ai une de ces faims ! Dommage d'avoir gâché ces bons haricots. Je vais commencer à regretter de n'être pas restée tranquillement dans ma cellule... »

Elle se rend compte que la situation est grave, sinon désespérée. Elle risque d'errer encore pendant des heures dans cet interminable labyrinthe. Et si elle ne parvient pas à retrouver la partie éclairée, que deviendra-t-elle ?

« Et dire que je ne peux même pas appeler Fantômette à mon secours ! C'est bien ma veine... »

Elle marche, elle marche dans le noir, à tâtons, perdant à chaque pas un peu plus d'espoir.

Mais cette nuit paraît sans fin...

Chapitre 13

Dans le noir

En homme méthodique, le Masque d'Argent veut s'assurer qu'on a bien exécuté ses ordres et que Fantômette a été séparée des autres prisonniers. Il sort de son bureau, prend l'ascenseur, monte à l'étage supérieur.

À l'instant où il sort de la cabine, il entend des cris et des coups frappés contre une porte :

« Au secours ! Ouvrez ! Sortez-nous de là ! À moi ! Ouvrez ! »

Ces bruits viennent de la cellule où Fantômette doit se trouver enfermée. Le comte s'approche, appelle :

« Kokluch ! Oreyon ! Est-ce vous ! Que se passe-t-il ? »

La voix de Kokluch s'élève :

« Chef ! C'est Fantômette qui nous a enfermés ! Elle vient de s'échapper ! »

Le Masque d'Argent lance un juron, tourne la clé et ouvre la porte. Il découvre Oreyon constellé de haricots, et Kokluch tremblant d'effroi à l'idée du châtiment qui l'attend pour avoir laissé échapper la prisonnière. Le comte gronde :

« Vous me faites une jolie paire d'imbéciles !

— Oui, chef !

— Rattrapez-moi Fantômette immédiatement, sinon *je vous livre au tyrannosaure* ! »

Affolés, les deux gardes se précipitent dans le couloir. Oreyon part vers la gauche, Kokluch vers la droite. Leur chef, agacé par leur incompétence, hausse les épaules et retourne dans l'ascenseur. Une fois revenu dans son bureau, il empoigne un micro relié aux haut-parleurs disséminés dans les six étages de sous-sol, et il lance des ordres :

« Attention ! Ici le Masque d'Argent ! Fantômette s'est échappée ! Vérifiez que toutes les issues sont fermées. Abandonnez immédiatement le travail et mettez-vous à la recherche de la fugitive ! Je répète... »

Après avoir de nouveau lancé ses ordres, il repose le micro, met en marche un téléviseur qui permet, grâce à une série de caméras, d'observer ce qui se passe en divers points stratégiques de son domaine souterrain. Mais pour l'instant, l'écran ne montre que des couloirs vides ou des gardes en train de courir en tous sens, comme des fourmis dont on a bousculé la fourmilière.

« Elle a dû se cacher dans quelque recoin... Bah !

peu importe ! Elle n'a aucune chance de s'en tirer. D'ici un quart d'heure au plus tard, elle aura retrouvé sa cellule. Et elle sera privée de haricots, pour lui apprendre à se tenir tranquille ! »

Mais au bout d'un quart d'heure, rien de nouveau ne s'est produit. Le Masque décroche un téléphone.

« Kokluch ? Avez-vous retrouvé Fantômette ?

— Pas encore, chef.

— Eh bien, qu'attendez-vous ?

— Nous cherchons, chef. Mais elle se cache peut-être dans une des galeries qui ne sont pas éclairées.

— Alors, prenez des lampes et secouez-vous un peu ! Mille diables, je ne vais pas faire le travail à votre place ! »

Il raccroche rageusement. Et pour se calmer, il plante un cigare à travers son masque, dans un trou percé au niveau de sa bouche. Puis, à travers cette ouverture, il lance des ronds de fumée parfaitement circulaires qui enchanteraient un chef indien, ou feraient le ravissement de la grande Ficelle.

*

* *

Dans leur cellule, Œil-de-Lynx, Ficelle et Boulotte ont écouté le vacarme que font Kokluch et Oreyon en tapant sur la porte.

« Vous les entendez ? demande Ficelle. Ils appellent au secours ! On dirait que Fantômette s'est évadée et les a enfermés ! »

Quelques instants plus tard, on perçoit les injures lancées par le comte de Maléfic, puis une galopade dans les couloirs. Ficelle gémit :

« Pourvu qu'elle arrive à s'échapper ! Hou ! là ! là ! Si j'étais à sa place, je serais vingt-cinq fois morte de peur ! »

Œil-de-Lynx se gratte le crâne avec le tuyau de sa pipe.

« Que pourrions-nous faire pour l'aider ? »

Boulotte fournit une réponse :

« Le mieux, c'est de reprendre des forces, pour être en bonne condition physique quand il faudra courir. Donc, il faut manger les haricots ! »

La voix du comte s'élève, lancée par les haut-parleurs :

« Attention ! Ici le Masque d'Argent ! Fantômette s'est échappée... »

« Tant mieux ! gronde Ficelle, et j'espère bien qu'ils ne la rattraperont pas ! »

L'oreille plaquée contre la porte, elle s'efforce d'entendre les bruits du couloir. Il y a toujours des galopades, des appels, des ordres lancés. Ce remue-ménage dure une bonne demi-heure.

Ficelle soupire :

« Et Françoise, que fait-elle pendant tout ce temps ? Elle doit être dans sa chambre, à l'hostellerie, en train de lire des pitreries ou des clowneries, au lieu de participer aux événements historiques qui se déroulent ici ! Ah ! quelle triple nouille, cette Françoise ! Quelle

passoire ! Quelle potiche ! Jamais là quand il se passe quelque chose d'intéressant ! Elle ferait bien de prendre un peu modèle sur Fantômette, qui est toujours lancée dans la bagarre ! »

Les bruits de pas diminuent peu à peu, les appels cessent, le silence revient. Fantômette aurait-elle été capturée ? Œil-de-Lynx donne son avis :

« Je suppose que, s'ils l'avaient trouvée, ils l'auraient enfermée de nouveau dans la cellule d'à côté. Or, nous n'avons rien entendu. Je pense qu'elle est toujours cachée. C'est bon signe. En principe, elle va essayer maintenant de nous faire sortir d'ici. Ou alors, si notre amie s'évade complètement, elle alertera la gendarmerie, l'armée...

— Je suis sûre que Fantômette réussira ! C'est évident ! Aussi vrai que, lorsqu'on mélange de la peinture bleue et de la peinture jaune, ça fait du violet !

— Du vert, rectifie Œil-de-Lynx.

— Bah ! Vert, violet, c'est sinécure ! Pour fêter le succès de Fantômette, je vais vous jouer un grand hymne que j'ai composé. Ça s'appelle *Suite d'orchestre pour célébrer les réussites étonnantes et les exploits stupéfiants d'une aventurière insipide* !

— Vous voulez dire "intrépide" ?

— Ah ! ce que vous êtes poinçonneur[1] , m'sieur Œil-de-Bœuf ! »

---

1. Je m'aperçois avec une profonde horreur que j'ai fait une faute d'orthographe. J'aurais dû dire « pointilliste », bien sûr ! (Note de Ficelle dans son *Étude sur les complications inexplicables de la langue française*)

Ficelle prend son pipeau et entame joyeusement son morceau de musique, accompagnée par Boulotte qui tape avec sa cuiller contre son assiette de métal. Les deux amies seraient sûrement moins réjouies si elles savaient dans quelle situation désespérée se trouve Fantômette.

*
* *

Épuisée par la fatigue, Fantômette s'est lourdement laissée choir à terre. Quand donc trouvera-t-elle une lumière, une issue ? Depuis des heures et des heures, elle erre dans l'obscurité, tout au long des galeries qui se croisent, forment des détours, s'arrêtent brusquement, se divisent et se multiplient. Ce labyrinthe noir est un véritable cauchemar, et la jeune justicière commence à se demander si elle ne rêve pas. Va-t-elle se réveiller dans son lit, au grand jour ? Non, les tunnels se succèdent sans arrêt. La nuit ne finit pas...

La voilà donc assise sur le sol, adossée à la muraille. Son estomac se noue, crispé par la faim. Elle a pris sa tête entre ses mains et mille pensées désordonnées agitent son cerveau. Elle revoit, image par image, les multiples scènes de cette dernière aventure. Dernière ? Oui, il y a de grands risques pour que ce soit la dernière !

Comment les événements se sont-ils déroulés ? Il y a eu d'abord ce coup de téléphone d'Œil-de-Lynx. Au début, il n'était question que d'un simple reportage au

sujet d'un vague dragon. Puis les choses se sont précisées. Les problèmes sont apparus. Les témoignages recueillis indiquaient la présence d'un monstre, mais la population ne semblait pas s'en inquiéter. Puis il y a eu la découverte des traces, l'arrivée d'une lettre menaçante. La disparition du texte, en même temps que les traces s'effaçaient. Le Masque d'Argent voulait sans doute éviter qu'elle ne recueille trop de preuves de l'existence de l'animal. Mais pourquoi ? Puisqu'il existe bel et bien, ce dragon.

« Et pourtant, il est dangereux, ce monstre préhistorique ! Une mâchoire trois fois plus grande que celle d'un hippopotame, des pattes qui écraseraient une voiture comme un œuf... C'est à se demander si les habitants ne sont pas fous ? Sont-ils inconscients du danger ? À moins que... »

À moins que ce danger n'existe pas ! Après tout, le dragon est peut-être moins dangereux qu'on ne le croit ?

« Oh ! et puis, la barbe ! J'en ai assez, de ces problèmes insolubles. Pour l'instant, tout ce que je demande, c'est de sortir d'ici... »

Elle ferme les yeux, pose sa tête entre ses mains, somnole en attendant qu'une solution se présente. Elle reste ainsi immobile pendant quelques minutes, qui lui paraissent durer des heures. Puis un léger bruit vient frapper son oreille. Un martèlement, un tambourinement. Elle se redresse, écoute attentivement. Ce sont des pas qui se rapprochent. Ensuite, une lueur lointaine, tout au bout d'une galerie. Quelqu'un vient !

Notre héroïne se tasse, se recroqueville derrière son morceau de pierre. Elle s'aplatit sur le sol, attend en retenant son souffle. Quelques instants plus tard, elle voit apparaître deux hommes précédés par le faisceau d'une lampe. Ils marchent à grands pas, en conversant. Fantômette reconnaît les voix de Kokluch et Oreyon. Le premier grogne :

« Moi, je te dis qu'elle s'est cachée, et bien cachée. Pour la retrouver, maintenant, ça sera tintin et compagnie !

— Mais si on ne lui met pas la main dessus, le Masque va nous passer un drôle de savon ! Tu sais qu'il est capable de nous faire croquer par la bestiole !

— Mais non, mais non. Ne t'affole pas. On la retrouvera, la Fantômette. Tu vas voir que la faim la fera sortir de son trou. Rappelle-toi qu'elle n'a pas mangé les haricots.

— Ça, tu n'as pas besoin de me le dire ! J'en ai encore qui se promènent dans mes cheveux ! »

Les deux hommes s'éloignent, leurs voix s'atténuent, la lumière s'efface. Mais Fantômette a maintenant le sourire aux lèvres. Du moment que les deux gardes sont venus près d'elle, c'est qu'elle n'est plus bien loin de la partie aménagée. Elle patiente un quart d'heure, puis elle voit réapparaître Kokluch et Oreyon. Elle les laisse passer, et leur emboîte le pas discrète-

ment. Ils commentent à voix haute le résultat de leur patrouille, qui est évidemment nul. Et leurs conclusions ne sont pas très joyeuses. Kokluch pense que le comte de Maléfic les fera manger par le tyrannosaure. Oreyon estime que le monstre les écrasera sous ses larges pattes. Kokluch soupire :

« Je me demande ce que nous allons raconter au chef ?

— On va lui expliquer que Fantômette a quitté le repaire. Qu'elle s'est sauvée dans la campagne.

— Je ne sais pas s'il nous croira. Comme il a fait bloquer toutes les sorties, il sait bien que Fantômette ne peut pas s'échapper.

— On verra bien... »

Les deux hommes marchent en éclairant leur chemin avec une lampe. Après quelques minutes, une tache claire apparaît au fond du tunnel, et l'on retrouve les tubes fluorescents alignés sous la voûte. Fantômette, qui suit discrètement les deux hommes à quelque distance, se traite intérieurement de crétine. Elle s'était arrêtée alors qu'elle se trouvait tout près du but !

Kokluch et Oreyon font halte devant la porte du bureau où se tient le Masque d'Argent. Ils entrent, et aussitôt après, Fantômette perçoit des éclats de voix, des jurons. C'est le comte qui hurle :

« Alors, tas d'inutiles, vous ne l'avez pas retrouvée ? Oreyon, tu es un bon à pas grand-chose ! Kokluch, tu es un bon à rien ! Je crois que je vais vous faire piétiner par mon tyrannosaure ! Après ce petit traitement, vous ressemblerez à deux crêpes ! D'ailleurs, vous avez déjà l'air de deux crêpes ! »

En riant intérieurement, Fantômette passe devant la porte sur la pointe des pieds. Elle arrive devant l'ascenseur, se glisse dans la cabine et remonte jusqu'à l'étage supérieur. Il s'agit maintenant de délivrer ses amis, et de trouver une sortie.

Elle fait quelques pas, entrevoit au loin la silhouette d'un garde. Pour se cacher au plus vite, elle ouvre au hasard une des portes qui s'inscrivent dans la paroi de la galerie, et entre.

Elle découvre alors un spectacle extraordinaire.

Chapitre 14

Le secret du tyrannosaure

Fantômette se trouve sur une galerie qui surplombe un vaste hall, comme le balcon d'une salle de spectacle. De ce poste d'observation, elle découvre l'activité à laquelle se livrent une douzaine d'hommes vêtus de combinaisons vertes : du travail de mécanique.

Il y a là des établis, de l'outillage, des postes de soudure. Des moteurs, des tubes, des tôles. C'est un atelier, une usine.

« Mille pompons ! Qu'est-ce qu'ils fabriquent là-dedans ? Des autos ? Non... Des locomotives ?... Des machines agricoles ? »

Pour éviter de se faire repérer par un des ouvriers, la jeune aventurière se baisse, afin d'être dissimulée en partie par le grillage qui est tendu le long du balcon pour former une balustrade. C'est alors que la voix du Masque d'Argent se fait entendre, par l'intermédiaire de haut-parleurs :

« Allô ! L'homme du contrôle, ouvrez le panneau ! »

Un homme s'approche d'un tableau de commande fixé au mur, appuie sur un bouton. On entend un ronflement. Tout au fond du hall, une gigantesque porte commence à se relever, comme un store vénitien. L'ouverture ne forme d'abord qu'une mince fente au ras du sol, puis elle grandit peu à peu. C'est une bande noire — car il fait nuit dehors — qui devient un carré. Le ronflement cesse. Au milieu de ce carré noir se dresse une forme verte, éclairée par des projecteurs.

Le tyrannosaure.

Il est là, debout, immobile. Figé dans ces positions de statue qu'adoptent les reptiles. Un lézard au soleil, une tortue somnolente donnent l'impression de ne pas vivre. Fantômette ressent la même impression. Le monstre ne paraît pas vivant.

Et pourtant, il se met en marche, il passe le seuil du hall, il entre...

Vision de cauchemar. Fantômette ne l'avait vu que sous la forme d'une petite image de télévision. Mais là il est en grandeur nature. Et quelle grandeur ! Sa tête arrive au niveau où se trouve Fantômette. La hauteur du deuxième étage. Il avance tout droit, d'une démarche lente. Sa terrible mâchoire se trouve exactement en face de la jeune justicière. Du coup, celle-ci se terre instinctivement, rentre la tête dans les épaules.

Elle a bien envie de ressortir, mais le tyrannosaure exerce une telle fascination qu'elle reste pétrifiée.

En revanche, les ouvriers observent l'arrivée de l'animal *sans aucune marque de frayeur,* comme s'il s'agissait d'un vulgaire camion. Parvenu au milieu de l'atelier, le dragon cesse de marcher. La lourde porte se referme. Quelques ouvriers s'approchent du monstre. L'un d'eux examine une des pattes où restent accrochées des mottes de terre, et la gratte avec un tournevis.

Alors, Fantômette comprend.

« Bon Dieu ! En ai-je mis, du temps ! C'était pourtant évident, dès le début ! Ah ! monsieur le Masque d'Argent, vous m'en avez conté une belle histoire ! L'œuf conservé dans une grotte ? Mis bien au chaud pour être couvé ? Fumisterie ! Le bébé tyrannosaure élevé au biberon, avec des vitamines ? De la blague ! Et dire que j'ai marché ! Diable ! Je deviens drôlement naïve, moi ! Aussi nigaude que Ficelle, ma parole ! »

La journée de travail semble terminée. Les ouvriers rangent l'outillage, sortent du hall. Fantômette, jugeant qu'elle n'a plus rien à apprendre, ouvre doucement la porte et revient dans le couloir, qui est heureusement désert.

« Il faut maintenant que je retrouve la cellule de M. Œil-de-Lynx et de Mlles Boulotte et Ficelle. C'est un peu plus loin, il me semble... Oui, c'est là-bas. »

Fantômette s'approche de la cellule où sont enfermés ses amis. Elle ne peut les délivrer pour l'instant, puisqu'elle n'a pas la clé, mais elle veut tout de même les rassurer sur son sort. Elle frappe deux coups.

« Ohé ! Ici, Fantômette. Comment ça va, chez vous ?

— Ah ! Fantômette ! s'exclame Ficelle. Ils ne vous ont pas attrapée ?

— Non, pas encore. Patientez cinq minutes, je vais tâcher de trouver la clé. »

C'est alors Œil-de-Lynx qui recommande :

« Soyez prudente, Fantômette. Nous pouvons très bien attendre...

— Ne vous inquiétez surtout pas. Je réponds de tout. »

Elle s'éloigne de la porte, continue son chemin au long de la galerie. Il s'agit maintenant de trouver la clé. Où est-elle accrochée ?

« Si elle était sagement pendue à un clou sur un tableau, comme dans les hôtels, ce serait bien pratique... »

Fantômette arrive au bout de la galerie, qui forme un coude. Et dans le nouveau tronçon, elle découvre une partie élargie, une sorte de chambre. Cet espace a été aménagé en salle de garde. Il y a là une table, quelques chaises, un râtelier où s'alignent des mitraillettes. Assis sur une des chaises, un garde lit un journal. Il tourne le dos à l'aventurière. Et Fantômette s'aperçoit avec satisfaction qu'il porte à la ceinture un gros trousseau de clés, du côté gauche. L'ennui est que, du côté droit, il y a un étui contenant un revolver.

« Bien ! Le moment est venu d'invoquer ma bonne étoile, et de me déguiser en chatte. Plus question de faire le moindre bruit. Je veux entendre voler une araignée, comme dirait Ficelle. »

Sur la pointe des pieds, Fantômette se rapproche de l'homme. Très vite, mais sans bruit. Elle tient toujours sa barre de fer. Va-t-elle assommer le garde ?

« Inutile. On va faire quelque chose de beaucoup plus rigolo. »

La voici à un mètre de la chaise. Le garde est toujours plongé dans sa lecture : le journal annonce qu'une grève de l'Électricité de France est prévue pour cette nuit. Fantômette lui applique soudainement le bout de la barre au milieu du dos, en criant :

« Les mains en l'air ! N'essayez pas de toucher à votre revolver, sinon je vous pulvérise avec ma mitraillette ! »

Le garde a sursauté. Il pousse un léger cri, lève des mains tremblantes. Fantômette allonge le bras, lui subtilise son arme. Puis elle pose la barre de fer maintenant inutile, et ordonne :

« Levez-vous ! Passez devant. Direction : la cellule où sont enfermés mes amis. »

Dans la cellule, Ficelle tourne en rond. Elle interpelle le journaliste :

« Fantômette a dit de patienter cinq minutes. Vous croyez qu'elle va revenir, m'sieur Treuil-de-Linge ?

— Je l'espère. Mais je ne sais pas comment elle va s'y prendre pour se procurer la clé.

— Ah ! je voudrais bien qu'elle se dépêche ! Quelle heure est-il ? Vous n'auriez pas l'heure, m'sieur Herbe-de-Thym ? Ma patraque est toute patraque ! Je crois qu'elle a le carburateur bouché.

— Il est dix heures du soir. Il fait nuit dehors.

— Alors, nous devrions être déjà couchées. En attendant que Fantômette revienne, je pourrais peut-être m'allonger sur cette espèce de paillasse... Hum ! Ça ne m'a pas l'air très bien rembourré... Qu'ont-ils fourré là-dedans ? Sûrement des noyaux de pommes ! »

Mais le projet de Ficelle est interrompu par un bruit de clé tournant dans la serrure. La porte s'ouvre, un gardien apparaît, à la grande déception des prisonniers.

Cependant l'inquiétude se dissipe très vite, pour faire place à une joie intense. Derrière l'homme se tient Fantômette, souriante, un revolver à la main. Elle annonce :

« Allez, les petits camarades, dehors ! On va se promener. Monsieur va prendre votre place. »

Ficelle, Boulotte et Œil-de-Lynx s'empressent de sortir, ainsi que Fantômette qui verrouille le battant sur le gardien : un gardien terrorisé qui n'ose pas appeler au secours. Le journaliste félicite la justicière :

« Bravo ! Je ne sais pas comment vous vous y êtes prise, mais c'est du beau travail ! Tous mes compliments !

— Vous me passerez de la pommade un autre jour, mon cher. Pour l'instant, il faut filer.

— Avez-vous trouvé une sortie ?

— Oui, venez ! »

La justicière court jusqu'à l'ascenseur, ouvre la porte. Quand ses compagnons sont avec elle dans la cabine, elle appuie sur le bouton n° 4.

« Nous allons descendre deux étages. Il y a une sortie à ce niveau. Vous allez voir. »

Pendant la courte descente, Ficelle dévore Fantômette des yeux. Pouvoir observer de tout près la fameuse justicière, en pleine action, quel privilège ! Quand elle racontera cette aventure à Françoise, la brunette en deviendra verte de jalousie ! Mais après tout, tant pis pour elle ! Les absentes ont toujours tort[1]. L'ascenseur s'arrête. Fantômette vérifie prudemment que la galerie est déserte, puis elle fait signe qu'on la suive. Un peu plus loin, il y a une porte assez large, qui doit donner sur le hall. Supposition aussitôt confirmée. C'est bien le local en question, mais il est dans une obscurité presque totale. Seules quelques veilleuses brillent dans les coins, avec une lueur bleuâtre. La jeune aventurière trouve un interrupteur, et annonce à mi-voix, avant d'appuyer sur le bouton :

« Attention. Attendez-vous à une surprise de taille. J'espère, Ficelle, que vous n'allez pas crier ?

— Oh ! non, ne vous inquiétez pas. J'ai un sang-froid de glace !

— Bon, alors j'allume. »

---

1. Ceci est un proverbe chinois ou zizanien, je ne me rappelle plus. (Note de Ficelle extraite de ses *Proverbes irréguliers*)

Fantômette appuie sur le bouton, et l'atelier se trouve soudain envahi de lumière. En voyant apparaître à trois mètres d'elle l'immense silhouette du tyrannosaure, Ficelle pousse un hurlement de terreur, fait demi-tour et tente de s'enfuir. Fantômette la rattrape par la manche et gronde, mécontente :

« Allez-vous vous taire, mille pompons ! Je vous avais pourtant prévenue ! »

Mais Ficelle claque des dents. Elle balbutie :

« Le dradra... il va nous écraser !

— Nous dévorer ! » ajoute Boulotte, aussi épouvantée que son amie.

Fantômette, agacée, hausse les épaules.

« Il ne va rien faire du tout ! Ce n'est pas un animal véritable. Vous m'entendez, Ficelle ?

— Pas... pas vé... véritable ?

— Non. Tenez, regardez. »

L'aventurière s'approche du monstre et frappe une de ses pattes avec la crosse du revolver. On entend « bong-bong » !

« Vous voyez ? C'est de la tôle d'acier. *Le tyrannosaure est une machine.* Une sorte de gros véhicule blindé, avec un moteur à l'intérieur, et un récepteur de radiocommande qui permet de le manœuvrer à distance. Ses yeux sont probablement des caméras de télévision. Ce dragon, c'est un robot. »

Ficelle, Boulotte et même Œil-de-Lynx, qui ne disait rien mais était tout de même impressionné, se sentent soulagés par les révélations de Fantômette. Le monstre ne peut manger personne ! Boulotte en particulier semble satisfaite.

« Je suis bien contente que ce ne soit qu'une mécanique ! Ça m'aurait ennuyée de finir dans son estomac !

— Alors, dit Fantômette, puisque tout le monde est content, ne nous attardons pas ici. Je vais ouvrir la porte. »

Elle s'approche du tableau de commande, abaisse le levier qu'elle avait vu manœuvrer précédemment. La porte se met à ronronner en se relevant.

À la même seconde, une lampe clignotante rouge s'allume sur un pupitre, dans le bureau du Masque d'Argent, tandis qu'un vibreur annonce l'ouverture de la porte. Le comte de Maléfic, qui fumait un cigare dans un fauteuil, tourne la tête vers un des écrans de télévision. Il pousse une exclamation :

« Palsambleu ! *Elle* est dans l'atelier ! Ah ! la petite peste ! Et elle a délivré les autres ! Mais c'est un vrai démon, cette fille ! »

Il se lève, s'approche du pupitre et enfonce plusieurs touches. Puis il empoigne une sorte de manche qui ressemble à celui que l'on trouve dans le poste de pilotage d'un avion, et il commence à le manœuvrer en murmurant :

« Nous allons nous amuser, mademoiselle Fantômette ! »

Chapitre 15

L'explosion

« Plus vite ! plus vite ! » crie Fantômette.

Pourtant, les autres courent comme des chats noirs auxquels on a attaché à la queue une casserole en aluminium[1] .

Œil-de-Lynx se retourne, et manque de s'étrangler avec sa pipe. Ce qu'il aperçoit est effrayant ! La grande porte de l'atelier est toujours ouverte. Le dragon s'est mis en marche, a fait demi-tour dans le hall, et il est en train de sortir ! Ficelle, qui a aussi regardé ce qui se passe dans son dos, se remet à hurler :

« Aaaah ! ! ! Il nous court après ! »

Le monstre sort de la colline, avance sur les traces des fugitifs. Lentement, d'abord, pesamment, puis de

1. À mon avis, un chat tigré avec une casserole en émail courrait aussi vite. (Note de Ficelle extraite de ses *Commentaires sur l'emploi des casseroles de Boulotte*)

plus en plus vite. Il accélère, traverse des haies, piétine des buissons. Le grondement de son moteur s'amplifie. Nos héros éprouvent la terrible sensation d'être poursuivis par un char d'assaut ! Fantômette, qui est restée en arrière pour couvrir la fuite de ses amis, lève le bras, vise le dragon et appuie sur la détente du revolver. Il y a un éclair orangé, une forte détonation. Elle tire une seconde fois, une troisième. Les six balles contenues dans l'arme viennent frapper le tyrannosaure d'acier sans aucun résultat : il continue d'avancer à toute allure !

Sur le plastron du monstre, dissimulé entre les écailles, un phare s'allume et se braque sur les fugitifs. Fantômette a soudain une idée, pour rendre la fuite plus efficace. Elle crie :

« Dispersez-vous ! Allez dans plusieurs directions ! Boulotte, va dans le bois ! Ficelle, cours vers la voie de chemin de fer ! Œil-de-Lynx, allez du côté de la route ! »

La manœuvre a été comprise, et le groupe éclate. Malheureusement, un fâcheux contretemps se produit. Ficelle, qui court comme une folle vers la voie ferrée, trébuche dans des ronces et s'étale de tout son long. Fantômette, qui était immédiatement derrière elle, se heurte à son tour contre le corps de la grande fille, et culbute sur le sol.

Fantômette se remet debout, tente de faire lever Ficelle, mais cette dernière est tellement entortillée dans la végétation piquante qu'elle ne peut plus bouger. Le monstre d'acier, avec un rugissement épouvantable, se rue vers les deux filles. Ficelle se met encore une fois à hurler, tandis que Fantômette tente désespérément de dégager les jambes de Ficelle.

C'est trop tard ! Le monstre d'acier ralentit, freine à deux mètres des malheureuses, s'arrête. Alors, il apparaît un changement dans le bruit de mécanique que produisent ses rouages. Un nouveau ronronnement de moteur. Blanches de terreur, les deux filles s'aperçoivent que le tyrannosaure abaisse son cou vers elles. La tête descend petit à petit, et la mâchoire s'ouvre, comme celle d'un crocodile, garnie de longues rangées de dents pointues !

*

* *

Sous son masque, le comte de Maléfic sourit cruellement. Les deux filles viennent de tomber dans un buisson. Leur image apparaît sur l'écran, vivement éclairée par le phare du dragon.

« Ah ! les imbéciles ! Elles croyaient pouvoir m'échapper. Mes deux nigaudes, vous allez voir ce qu'il en coûte de se mêler de mes affaires ! Vous auriez mieux fait de rester chez vous, pauvres folles !... »

Il tire en arrière le manche, ce qui provoque l'arrêt du monstre mécanique. Pendant un instant, il savoure sa puissance. D'un simple geste, il commande les mouvements de la terrible machine. Il peut lui ordonner de briser les murs d'une maison, d'écraser un véhicule, ou de broyer dans ses mâchoires métalliques deux filles étourdies et imprudentes.

Il allonge la main vers le bouton rouge, le fait tourner lentement. La caméra qui lui transmet les images est placée non pas dans les yeux de la bête — comme le supposait Fantômette — mais au bout de son museau. Sur le téléviseur, le comte voit les deux filles qui tentent de se dépêtrer des ronces. Leur image se rapproche, grossit en même temps que la tête du dragon s'abaisse. Le Masque d'Argent appuie sur une touche, qui provoque l'ouverture des mâchoires...

« Merveilleux ! Cette machine est un chef-d'œuvre de précision ! J'ai réellement l'impression d'être à la place du tyrannosaure ! Allons-y, *mordons ces petites sottes !...* »

Avec un rire diabolique, le comte tourne à fond le bouton rouge. La mâchoire du monstre va plonger sur les malheureuses... D'un geste dérisoire, Ficelle cache ses yeux avec son bras, pour ne pas voir la gueule du monstre qui va la déchirer...

Sur l'écran, Ficelle paraît se figer. Elle reste immobile, cachant son visage. Fantômette reste également immobile. Leur image, qui grossissait à mesure que la tête du dragon descendait, cesse de s'accroître. Le comte a un mouvement d'humeur.

« Que se passe-t-il ? La mâchoire ne descend plus ? Pourtant, j'ai tourné le bouton à fond. »

Le Masque d'Argent fait mouvoir le bouton à

droite, puis à gauche. Sur l'écran, l'image garde sa fixité. Dans un coin du pupitre de commande, une petite lampe rouge vient de s'allumer, sous une plaquette portant la mention : *Panne émetteur.*

« Par la perruque de mes ancêtres ! Ma radio ne marche plus ! Juste au moment où j'allais liquider ces deux pécores ! Ah ! c'est invraisemblable ! »

C'est invraisemblable, mais cela est pourtant vrai. Le délicat système électronique qui transmettait les ordres au dragon vient de tomber en panne. Ficelle et Fantômette, qui se voyaient déjà mortes, s'aperçoivent que la tête du monstre reste suspendue au-dessus d'elles, sans bouger. Fantômette est la première à comprendre ce qui se passe.

« Il ne nous attaque pas, Ficelle. Ou bien le comte ne veut pas nous tuer, ou alors sa mécanique est coincée. Vite, sauvons-nous ! »

Cette fois-ci, Fantômette parvient à dégager les jambes de Ficelle qui sont rougies par les égratignures, puis les deux filles reprennent leur course en direction de Saint-Plouc. Œil-de-Lynx, qui était revenu en arrière pour leur porter secours, les rejoint.

« Que s'est-il passé ? Le dragon allait vous mordre, on dirait ?

— Oui, dit Fantômette, mais j'ai l'impression qu'il ne peut plus bouger. Regardez, il penche sa tête comme s'il voulait brouter l'herbe, mais il ne remue pas. »

Le dragon reste en effet dans une posture ridicule,

gueule ouverte, mordant dans le vide. Puisqu'il semble pour l'instant devenu inoffensif, les fugitifs n'ont plus besoin de se disperser. Ils se regroupent en effet, et font leur entrée dans le village, complètement désert à cette heure de la nuit.

Ils traversent la petite ville endormie et sombre, où toutes les maisons sont noires. Sauf une, toutefois. Le pavillon du maire, M. Grossac.

Fantômette lève la main.

« Stop ! Le dragon ne peut plus nous attaquer, mais nous ne sommes pas encore hors de danger. Le comte de Maléfic peut très bien nous faire poursuivre par ses hommes, et n'oubliez pas qu'ils sont armés.

— Alors, demande Œil-de-Lynx, qu'allons-nous faire ? Moi, je ne peux pas m'en aller. Je veux prendre mon appareil photo à l'auberge, avec un flash, et revenir photographier le dragon. Ainsi que les installations souterraines. Il faut que je fasse mon métier, n'est-ce pas ?

— D'accord. Allez à l'auberge, avec Boulotte et Ficelle. Elles prendront leurs affaires, et vous réglerez la note. Ensuite, vous les conduirez à la gare, et vous les mettrez dans le train de Framboisy.

— Bon. Mais vous ? »

Fantômette désigne du menton la maison du maire.

« Moi, je vais aller faire un petit tour là-dedans. Je vous retrouverai ici même dans une demi-heure. »

Ficelle tente une timide protestation. Elle n'a pas envie de s'en aller pendant que Fantômette a la chance de poursuivre son enquête. Mais Œil-de-Lynx élève la voix :

« Fantômette a raison ! Il y a du danger pour vous à traîner plus longtemps dans ce village. Allons, en route ! Suivez-moi ! »

Le reporter, suivi des deux filles, s'enfonce dans la nuit vers l'hostellerie du Cheval-Noir. Fantômette s'approche de la clôture qui borde la propriété du maire, et la franchit d'un bond. La lumière vient d'une fenêtre ouverte au rez-de-chaussée. Un nouveau bond de chat, et la jeune aventurière se trouve sur l'appui. Elle repousse un battant, saute à l'intérieur.

« Bonsoir, monsieur le maire ! Je vous croyais parti en week-end ? »

Surpris par cette intrusion inattendue, le maire de Saint-Plouc renverse le verre de whisky qu'il vient de remplir.

« Fantômette ! Que faites-vous ici ? Moi, je vous croyais en Turquie. Avez-vous des nouvelles de mes pauvres enfants ? »

La jeune justicière pose un doigt sur ses lèvres.

« Chut ! Ne parlez pas si fort. *Vous allez les réveiller.*

— Moi ? Je...

— Vous savez bien qu'ils sont en train de dormir au premier étage, voyons ! »

M. Grossac soupire.

« Bon ! je vois que vous êtes au courant. Inutile de vous raconter des histoires...

— Inutile, en effet. Mais il y a tout de même certains points que vous pourrez m'aider à éclaircir, avant d'aller vous coucher. D'abord, je voudrais savoir pourquoi vous avez permis à une bande de brigands d'installer leur repaire dans la colline des Cerisiers ? »

Le maire sursaute.

« Des brigands ? Comment ça ? Ce ne sont pas des brigands !

— Vraiment ? Et comment appelle-t-on des gens groupés, armés, équipés d'un char d'assaut, qui s'apprêtent probablement à mettre la région au pillage ? »

Ahuri, le maire ouvre la bouche et les yeux. Il ne paraît vraiment pas comprendre ce que raconte Fantômette. Celle-ci, un peu agacée, lui dit sèchement :

« Écoutez, monsieur Grossac, si nous reprenions l'affaire au début ? Comment cela a-t-il commencé ?

— Eh bien, j'ai reçu la visite de M. le comte de Maléfic. Il m'a expliqué qu'il cherchait des galeries souterraines pour y faire pousser des champignons, et qu'il avait entendu parler de l'ancienne carrière. J'ai répondu que notre conseil municipal l'autoriserait volontiers à s'installer dans la colline, mais qu'il devrait nous offrir quelque chose en échange. Il a alors réfléchi, et il m'a fait une proposition : "Je peux apporter la prospérité à votre commune, si vous le désirez. La rendre célèbre du jour au lendemain. En y faisant apparaître un grand dragon de carton, qui sera l'attraction n° 1 de toute la région. De même que Moscou a son Kremlin, Saint-Plouc aura son dragon. Vous pourrez l'exposer les jours de foire, lui faire faire le Tour de France, etc."

« Vous pensez bien que je me suis empressé d'accepter ! C'était une véritable aubaine ! Aussitôt, nous avons voté un crédit pour moderniser notre petite ville, nous avons emprunté pour construire un nouvel hôtel. Et lorsque le dragon a commencé à circuler dans la campagne, tout le monde a été ravi ! Bien entendu, nous avons fait semblant d'avoir peur pour attirer l'attention des journalistes qui allaient nous faire une bonne publicité. Vous me direz que ce n'était peut-être pas très honnête de faire croire que le dragon était réel, alors que nous savions parfaitement qu'il était en carton... mais que voulez-vous ? Ce sont les nécessités du tourisme !

— Donc, cela explique que personne n'ait eu peur à Saint-Plouc ?

— Évidemment. Ce dragon est parfaitement inoffensif »

Fantômette a un petit rire.

« Inoffensif ? C'est ainsi que vous qualifiez un engin recouvert de tôle épaisse, en acier, avec une mâchoire capable de couper un homme en deux ? Une machine sur laquelle on peut installer un canon et des mitrailleuses ? Un dragon aussi puissant qu'un blindé, et qui en plus a un aspect effrayant ? Votre dragon de carnaval, c'est en réalité une machine de guerre ! »

Le maire se met à bredouiller :

« Mais... mais... je ne savais pas... Si j'avais pu me douter...

— Bon, laissons ça. Expliquez-moi plutôt pourquoi vous avez cherché à m'envoyer en Turquie. Pourquoi vouliez-vous m'éloigner ?

— J'ai obéi au comte de Maléfic. C'est lui qui a imaginé cette affaire d'enlèvement. Il m'a dit : "Attention, une certaine Fantômette vient d'arriver au village. C'est une espionne payée par un cultivateur de champignons qui craint la concurrence. Elle va essayer de vous causer des tas d'ennuis. Il faut s'en débarrasser le plus vite possible." Alors, je vous ai raconté cette histoire d'enlèvement... Ah ! comment pouvais-je deviner ? Croyez-vous que le comte veuille se servir du dragon pour attaquer des villages ?

— Oh ! maintenant que j'ai semé la pagaille chez lui, il va peut-être renoncer à ses projets. Je vous quitte, monsieur Grossac. Je vais voir ce qui se passe là-bas.

— Mais vous m'avez dit que le comte a avec lui des hommes armés ? Je vais vous faire accompagner par la gendarmerie.

— Bah ! ne réveillez pas ces braves gens. Le temps de leur expliquer ce qui se passe, le temps qu'ils comprennent, et nous serons déjà à la Noël. Je me débrouillerai. Bonne nuit ! »

Et Fantômette repasse par la fenêtre.

Resté seul, le maire tire son mouchoir pour s'éponger le front.

« Mon Dieu ! Quelle histoire ! Un dragon blindé ! Une armée sous la colline des Cerisiers ! Les journalistes vont se jeter là-dessus ! La télévision va en parler !... Mais au fait... cela va nous faire une publicité énorme ! Tout le monde va parler de Saint-Plouc-les-Bœufs ! Les touristes vont se précipiter encore plus vite ! Il va falloir agrandir l'hôtel ! »

Et M. Grossac s'endort avec le sourire aux lèvres, voyant déjà couler dans les caisses de la municipalité une rivière, un fleuve de bel et bon argent !

*
* *

« Vous êtes là, Œil-de-Lynx ?

— Oui. Nous y allons ?

— Vous savez que les hommes du Masque peuvent nous accueillir à coups de mitraillette ?

— Bah ! ce sont les risques du métier. J'aurai l'impression d'être un correspondant de guerre, voilà tout ! »

Fantômette et le journaliste ressortent du village et s'en retournent vers la colline en direction du repaire de ce cher comte. La nuit est silencieuse, la campagne toujours déserte, si l'on excepte la présence du tyrannosaure qui reste au milieu des champs, son phare encore allumé, braqué vers le bas.

Là-haut, au flanc de la colline, un carré de lumière se découpe dans le noir. C'est l'entrée du hall où brillent toujours les lumières. À mesure qu'ils s'en approchent, nos deux enquêteurs ralentissent le pas. Peut-être des gardes sont-ils postés dans les environs ? Œil-de-Lynx chuchote :

« Tout a l'air calme. Je ne vois personne dans l'atelier. Pensez-vous qu'ils se soient enfuis ?

— C'est bien possible. Le comte a dû penser que nous étions partis prévenir la gendarmerie. Maintenant qu'il est découvert, et que son animal est en panne, il a peut-être abandonné la partie. Enfin, nous allons bien voir... »

Arrivés à une dizaine de mètres de l'entrée, ils se baissent instinctivement, s'arrêtent, examinent le local. Il est vide. Fantômette fait un signe de tête.

« Très bien, allons jeter un coup d'œil. »

Ils repartent, franchissent le seuil, traversent le hall sans encombre. Œil-de-Lynx prend une ou deux photos de l'atelier, puis propose d'aller photographier le bureau du Masque.

C'est alors qu'un bourdonnement s'élève, intense, et que la grande porte du hall se met à descendre. Fantômette se rue sur le tableau de commande, remonte le levier. Mais c'est inutile : le portail continue de se refermer. Le bourdonnement cesse, et la voix du Masque d'Argent s'élève, ironique :

« Bonsoir, Fantômette ! *Je savais que tu allais revenir.* Ce n'est pas très malin de ta part, d'ailleurs. Je suppose que tu es en compagnie de ce crétin qui se prend pour un journaliste. C'est une supposition, parce que je ne vous vois pas. Et je ne vous vois pas *parce que je suis parti.* Ce que tu entends en ce moment, Fantômette, c'est un enregistrement sur magnétophone. Au moment où tu es entrée dans l'atelier, tu as déclenché l'appareil, ce qui te permet d'écouter les paroles précieuses que je prononce. Donc, il est inutile de me chercher dans ce repaire. Je suis déjà loin, ainsi que mes hommes. Il est dommage que tu sois intervenue dans mes affaires, parce que j'avais mis au point un très joli programme. Écoute bien. »

La recommandation est inutile. Fantômette et Œil-de-Lynx n'ont jamais été aussi attentifs. La voix poursuit :

« Oui, mon plan était magnifique. Grâce à l'appui que me fournissait le maire — un joli naïf, celui-là ! —, j'ai pu installer mes ateliers sous cette colline, et construire mon prototype de char d'assaut camouflé sous l'apparence d'un tyrannosaure. Grâce à cette machine, j'aurais quelque peu terrorisé les populations, histoire d'en démontrer l'efficacité. Puis j'aurais forcé le gouvernement à me passer des commandes massives. La cavalerie française aurait été équipée de monstres préhistoriques, ha ! ha ! Avoue que cela aurait eu une certaine allure, n'est-ce pas ? Mais en attendant le moment de construire mes engins en grande série, je voulais que le village se tienne tranquille, et croie qu'il ne s'agissait que d'une figure en carton. Personne ne devait soupçonner la terrible puissance de mon invention. C'est pourquoi j'ai pris soin de faire effacer les traces de son passage. Je l'ai fait circuler dans un bois, pour vérifier s'il était capable d'abattre des arbres. Mais tu as découvert cette clairière. Du coup, j'ai abandonné un bulldozer dans la trouée pour donner l'impression que des bûcherons avaient fait l'ouvrage. Et te faire passer pour une hallucinée... Mais c'était insuffisant, et je me suis rendu compte que tu pouvais très bien faire tout échouer. Ce qui s'est produit effectivement. J'ai d'abord essayé de t'éloigner, ce qui n'a pas pris. J'aurais pu te faire abattre tout de suite, remarque bien. Mais ma bonté est infinie. Je t'ai donné une chance de t'en sortir. Tu n'en as pas profité, tant pis pour toi. Maintenant, je ne te ferai pas de cadeau. J'ai entassé quelque part dans une des galeries un stock de trinitrotoluène. Un puissant explosif, relié à une minuterie électrique. À partir du moment où je cesserai de parler, il s'écoulera trois minutes avant que l'explosion ne se produise. Tout sautera. La colline sera entièrement détruite, et toi avec, bien sûr. Je ne te crois pas capable, en trois minutes, de trouver un moyen de sortir. Sinon, ce serait un miracle, ha, ha ! Eh bien, il me semble que j'ai à peu près tout dit. Adieu, Fantômette ! Nous nous retrouverons en enfer ! »

Les haut-parleurs se taisent. Œil-de-Lynx balbutie :

« Vous avez entendu ? Trois minutes ! Nous avons trois minutes pour sortir d'ici ! Qu'est-ce qu'il faut faire, sapristi ? »

Fantômette, sans répondre, s'attaque de nouveau au

tableau de commande. Elle manœuvre le levier, appuie sur des boutons. Mais la porte reste inerte.

« Nous n'avons plus qu'une chance, Œil-de-Lynx. Essayons de percer un trou dans la porte ! Vite, avec un chalumeau. »

Il y a effectivement des chalumeaux à acétylène parmi l'outillage abandonné dans l'atelier. Les deux prisonniers font rouler un chariot qui supporte deux bouteilles de gaz jusqu'au portail métallique. Œil-de-Lynx allume son briquet et enflamme le jet d'oxygène et d'acétylène sortant du chalumeau que tient Fantômette. Elle dirige la flamme bleue contre le métal.

« Combien de temps nous reste-t-il, Œil ?

— Plus que deux minutes. »

La flamme brûlante attaque le métal, qui passe au rouge sombre, puis au rouge vif, et commence à fondre. Trente secondes plus tard, un trou apparaît. Fantômette déplace le chalumeau pour allonger ce trou, en faire une fente. Il s'agit de découper un panneau assez grand pour pouvoir passer à travers. Avec les risques de se brûler sur les bords qui n'auront pas le temps de se refroidir.

Le chalumeau mord dans le fer, et la fente s'allonge. Cinq centimètres, six, sept.

« Combien de temps ?

— Il nous reste une minute.

— Mille pompons ! Nous n'aurons jamais le temps... »

La sueur coule sur leurs fronts, non pas sous l'effet de la chaleur dégagée par l'appareil, mais de l'angoisse qui les étreint.

Encore vingt secondes avant l'explosion. Plus que dix secondes. Le chalumeau n'a découpé qu'une fente longue d'une vingtaine de centimètres. Plus que cinq secondes. Quatre, trois, deux, une.

« C'est fini, nous allons sauter. Adieu, Fantômette !

— Adieu, Œil-de-Lynx ! »

Ils se serrent la main avec émotion, et attendent l'explosion.

Chapitre 16

Les imprécations de Ficelle

« Attention ! Nous reprenons le troisième mouvement en *do* majeur et *fa* dièse, *allegretto, vinaigretto.* Mi-do-mi-sol-fa-ré-do-si-la-sol-fa-mi-ré-do ! Allons, Boulotte, tape un peu plus fort sur la grosse caisse ! On dirait que tu cognes sur un matelas de mousse avec un marteau de beurre ! »

Boulotte et Ficelle sont en train de répéter l'œuvre magistrale composée par la grande Ficelle : *Symphonie du dragon.* Cette pièce musicale sera jouée dimanche prochain, devant un auditoire choisi. Il y aura Annie Barbemolle (la fille du fabricant de fusées), Julie Varot (la fille de la crémière), Roger Latine (le fils du professeur de grec) et René Nuphar (le fils de la marchande de fleurs).

Boulotte, qui tient un palmier croustillant dans lequel elle s'apprête à mordre, interrompt son geste.

« Tu ne crois pas que nous devrions attendre Françoise, pour faire nos répétitions ?

— Ah ! là ! là ! J'aime mieux ne pas y penser, à celle-là ! Elle doit être encore en train de dormir à l'hostellerie du Cheval-Noir, cette grande paresseuse ! Tiens, c'est justement l'heure des informations à la télé. On va voir ce qui s'est passé depuis notre départ... »

Ficelle met en marche le téléviseur, Boulotte croque son palmier tout en se rendant à la cuisine pour s'assurer que son poulet à la basquaise n'est pas en train de brûler.

Sur l'écran, une dame assure en souriant qu'elle a la vaisselle la plus propre du monde, ce qui n'intéresse qu'elle. Puis un monsieur déclare qu'il porte des chaussettes Machinchose, ce qui ne regarde que lui. Enfin, un présentateur vient donner les informations en ces termes :

« Mesdames, messieurs, un événement extraordinaire s'est produit cette nuit près de la petite commune de Saint-Plouc-les-Bœufs. La justicière Fantômette et le reporter Œil-de-Lynx y ont découvert un véritable repaire de bandits, dissimulé dans une ancienne carrière. Le chef de la bande était le comte de Maléfic, qui se fait appeler le Masque d'Argent. Il avait construit une sorte de dragon d'acier, blindé, avec lequel il se proposait de lancer des coups de main sur les banques de la région. Son engin, construit en série, aurait pu également équiper une armée. Cette organisation a été démantelée grâce à l'intervention de Fantômette. Au cours de la nuit, celle-ci a été enfermée dans le repaire en compagnie du journaliste. Le Masque d'Argent avait préparé une bombe qui devait exploser peu après la venue de la justicière, mais...

— Boulotte ! Tu viens écouter ? Dépêche-toi !

— Attends, je vérifie si mon poulet est bien cuit ! »

Le commentateur continue :

« ... Mais on sait que le personnel de l'Électricité de France avait décidé hier le principe d'une grève surprise. Celle-ci est devenue effective à partir de deux heures du matin. Le courant a donc été coupé dans toute la région de Saint-Plouc, et la bombe n'a pas pu exploser. La justicière et le journaliste ont découpé un trou dans la porte du repaire au moyen d'un chalumeau, et se sont échappés. Venons-en maintenant à la politique intérieure... »

Ficelle court vers la cuisine.

« Tu as entendu, Boulotte ! Fantômette a été enfermée par le Masque d'Argent en compagnie d'Œuf-de-Dinde ! Et elle s'est échappée ! »

Ding, dong ! C'est le timbre de l'entrée. Ficelle court à la porte pour ouvrir.

« Françoise ! C'est toi !

— Oui, c'est moi.

— C'est maintenant seulement que tu arrives ? Il est midi !

— Oui. Avec le train, tu as été plus vite que moi. La casserole d'Œil-de-Lynx est tombée dix fois en panne. Quel tacot ! Ouf ! je suis fourbue... Et je n'ai pas dormi de la nuit ! »

Ficelle se redresse, un sourire narquois aux lèvres.

« Eh bien, tu ne sais pas ce que tu as raté, Françoise ! Une aventure ébouriffante ! Si tu n'avais pas dormi toute la nuit à l'auberge, tu aurais pu vivre mille morts !

— Vraiment ? dit Françoise en bâillant.

— Parfaitement ! Nous avons bravé des périls gros comme des maisons ! Nous avons été enfermées dans un cachot sombre et humide ! Et nous nous sommes évadées grâce au tabac d'Œil-de-Lynx et à ma sandale gauche. Il faudra que je rachète une autre sandale. J'espère que le marchand de chaussures m'en vendra une demi-paire. Et puis, tu ne sais pas le plus beau ! Au moment où le dragon allait nous manger toutes crues, Fantômette est arrivée ! Je lui ai sauvé la vie !

— Pas possible ? murmure Françoise dont les paupières se ferment.

— Mais si ! J'ai joué une grande symphonie avec mon pipeau, et le monstre s'est figé comme une statue en bronze doré ! Exactement comme dans les contes de fées, quand la belle princesse transforme le dragon en citrouille avec sa baguette magique ! Mais tu ne m'écoutes pas ?

— Je suis venue voir si vous étiez bien arrivées. Maintenant, je retourne chez moi. Je vais faire un petit somme.

— Eh bien, on ne croirait jamais que tu as passé la

nuit dans ton lit ! Tu peux bien attendre une seconde, encore. Je vais te décrire les affreux bonshommes verts qui se cachent sous le mont des Framboisiers... heu... des... Abricotiers...

— Plus tard, Ficelle, plus tard ! Au revoir ! »

Et elle se sauve. Ficelle hausse les épaules.

« Tu as vu ça, Boulotte ? Elle ne veut même pas écouter le récit authentique de nos aventures incroyables ! Quelle nouille ! Vraiment, elle baisse de cinquante centimètres dans mon estime ! Je me demande bien pourquoi Œil-de-Lynx a tenu à l'emmener avec nous ? Elle n'est bonne à rien ! Enfin, on ne peut pas demander à tout le monde d'être audacieux et intelligent, comme moi. Allez, on reprend notre concerto pour flageolet et moyenne caisse. Tu y es, Boulotte ? Do-mi-sol-do... plus fort ! Do-ré-do-si. Je ne t'entends pas, Boulotte ! Sol-sol-fa-mi-ré-do-si-la-sol-ré-do... »

*

* *

La Presse, la Radio et la Télévision ont longuement parlé du tyrannosaure de Saint-Plouc-les-Bœufs, ce qui a contribué largement à rendre le village célèbre, pour le grand contentement de M. le maire. Le mécanicien, M. Bricol, a remis en marche le moteur de l'engin qui a été amené jusqu'à la grand-place du village, et juché sur un socle.

Et si un jour vous passez sur la route qui traverse

le Massif central pour aller dans le Bordelais, ne manquez pas de faire un détour pour aller admirer le Dragon de Saint-Plouc, qui restera à jamais célèbre, comme la Bête du Gévaudan, la Tarasque de Tarascon ou la Sardine du Vieux-Port de Marseille !

Table

Dans la même collection…

Mademoiselle Wiz,
une sorcière particulière.

Mini, une petite fille
pleine de vie !

Fantômette,
l'intrépide
justicière.

Avec le Club des Cinq,
l'aventure est toujours
au rendez-vous.

Kiatovski,
le détective en baskets
qui résout
toutes les enquêtes.

Dagobert,
le petit roi
qui fait tout à l'envers.

Rosy et Georges-Albert,
le duo de choc
de l'Hôtel Bordemer.

Avec Zoé,
le cauchemar devient
parfois réalité.

Composition ***Jouve*** — 53100 Mayenne

Imprimé en France par ***Partenaires-Livres®***
N° dépôt légal : 18399 - février 2002
20.20.0664.02/1 ISBN : 2.01.200664.7

Loi n° 49-956 du 16 juillet 1949
sur les publications destinées à la jeunesse